KB274784

바람이 다니던 길

바람이 다니던 길
이·영·숙 자·연·수·필

초판 인쇄 | 2006년 12월 15일
초판 발행 | 2006년 12월 20일

지은이 | 이영숙
펴낸이 | 신현운
펴는곳 | 연인M&B
디자인 | 이희정
기 획 | 여인화
등 록 | 2000년 3월 7일 제2-3037호
주 소 | 143-874 서울특별시 광진구 자양동 (680-25호(2층)
전 화 | (02)455-3987, 3437-5975 팩스 | (02)3437-5975
홈주소 | www.연인mnb.com / www.yeoninmb.co.kr
이메일 | yeonin7@chol.com

값 10,000원

ISBN 89-89154-74-X 03810

* 이 책은 안양시 문화재단의 문예진흥기금의 지원을 받아 제작되었습니다.

『행복의 바이러스』 작가의 두 번째 수필집

이·영·숙 자·연·수·필

바람이 다니던 길

늙은 소나무 가지 위에 쌓여가는 푸근한 눈,
　　　　　초가지붕 위로 뿜어 올라가는 저녁연기,
　　　논두렁길의 땅을 이고 있는 서릿발들,
집 앞의 무논에 잘려나간 벼 포기 위로 언뜻언뜻 보이는 푸진 눈들.

젊은 꿈이 되어준 기억 네 가지

뒷동산의 노란 원추리가 긴 허리를 주억거리면 야생화도 덩달아 피는 봄 산에 들어가 산나물을 뜯으며 미래를 꿈꾸었다.

들풀마저 시들어 버리는 뜨거운 여름날, 한 줄금의 소나기는 무지개를 낳고 산 너머로 숨었다. 그때마다 내 꿈은 성큼 자랐다.

가을바람 부는 잔디밭에 누워 몰려다니는 하얀 구름을 보며 파란 꿈과 상상력을 키웠다.

고즈넉한 겨울 설경들은 나를 생각에 잠기게 했다. 늙은 소나무 가지 위에 쌓여가는 푸근한 눈, 초가지붕 위로 뿜어 올라가는 저녁연기, 논두렁길의 땅을 이고 있는 서릿발들, 집 앞의 무논에 잘려나간 벼 포기 위로 언뜻언뜻 보이는 푸진 눈들. 이런 풍경들은 훗날 나를 꿈을 꾸는 사람으로 만들어 주었다.

위의 그림들을 보아 오면서 눈으로는 풍요로운 상상력의 세계로 줄

달음쳤고 가슴으로는 영혼을 꿰뚫는 경지에 몰입되곤 했었다

　자연과 맺은 우정은 내 감성을 풍요롭게 했다.

　자연 속에서 자라서 자연을 노래하는 자연인이 되었다.

　이제 문자로 영혼을 정화시켜 주는 예술가가 되었다.

　그래서 내 꿈은 영원히 늙지 않는다.

　2004년 첫 수필집 『행복의 바이러스』에 이어서 이번에 두 번째 수필집을 묶게 되었다.

　그간 틈틈이 써온 시(詩)와 짧은 수필, 그리고 15매 수필이다.

　시와 수필을 잘 버무려서 독자 앞에 내놓는다.

2006년 12월

숲이 푸른 마을에서

채홍(彩虹) 이영숙

| 차례 |

1. 달력

2. 백운저수지

| 작품해설 |

1. 달력

일년을 위하여 열두 달은 시작되었다
설레는 시작의 꽃향기를 위하여 열두 달은 단장을 했다
새삼 무슨 말이 필요하랴
너는 어느새 이만큼 와 있고
나는 여전히 여기 있다
시작은 몸으로 맞이할 환희의 만남이 있다
바람조차 숨죽인 강변에 서서
소리 없이 흐르는 물을 본다
기다림은 걸어가는 것
열두 달은 세련된 옷을 입고 시작한다.

이제 아카시아 꽃향기가
자유로이 날아다닐 수 있도록
바람 길을 만들어 주어야 할 것 같다.
이 봄, 고향의 향수 같은
아카시아 꽃 냄새 맡으러
산으로 올라간다.

바람이 다니던 길

사람이 살아가는데 불편함이 없이 눈비를 막아주고 밤이면 편안히 쉴 수 있는 곳을 보금자리라고 한다.

십수 년 만에 근근이 마련한 아파트가 다행스럽게도, 집 앞쪽으로는 맑은 시냇물이 사시사철 흐르는 학운천이 있고, 집 뒤쪽으로는 충의약수터가 있는 산이 있다. 이런 곳을 풍수지리학적으로 좋은 집터라고 일컫는다. 운동 삼아 평지를 걷고 싶으면 조붓한 개울을 끼고 자전거 도로를 따라 물들의 속삭임에 귀기울이며 한없이 걸어 보기도 한다. 개울가엔 버들강아지가 제일 먼저 봄소식을 알린다. 사람들과 어깨를 살짝살짝 부딪치며 눈인사하며 조깅을 하는 것이 싫증나면 다음날은 배낭을 걸머지고 뒷산으로 오른다. 아카시아 나무가 울창한 숲을 깊숙이 걸어 들어가다 보면 어느새 약수터가 보인다. 약수터 위쪽에 있는 치마바위는 오랜 세월의 풍화작용에도 늘 같은 모습이다. 맑은 날 바위에 올라서면 인천 앞바다가 손바닥만하게 보인다.

눈을 돌려 안양 시내를 바라보면 아파트들이 숲을 이루고 있다. 습관처럼 나는 어느 동에 있는 어느 아파트인가를 알아맞히느라 시간을 허비하곤 한다. 이렇게 물과 산을 끼고 살 수 있는 것도 내가 누릴 수 있는 작은 행복이다. 봄 산을 오르내리며 만나는 아카시아 꽃들이 정겹다. 하얀 꽃들이 소담스럽게 피어 가지가 무거워 보인다. 고향의 뒷산에 와 있는 듯 심신이 편안해진다. 아카시아는 5월부터 꽃이 피어 달콤한 향기로 꿀벌들을 유혹하면 벌들은 꽃 속에 머리를 들이밀고 야단법석이다. 밥을 뭉쳐놓은 듯이 소담스러운 꽃들은 지나가던 짓궂은 바람이 한번씩 용트림을 하면 바로 꽃비가 되어 너울거리다가 나무의 발을 하얗게 덮는다.

어느 해부턴지 우리 집 거실까지 날아오던 꽃향기가 감감 무소식이다. 길을 잃었나 보다. 우리 아파트 옆에 대단지 아파트가 생기면서부터 꽃향기가 아파트 벽에 부딪쳐 이제 더 이상 우리 집까지 날아올 수가 없는 상황인가 보다. 아카시아 꽃 예찬을 할 수가 없게 되었다.

고속도로를 내느라 산이 파괴되어 산에 사는 짐승이나 개구리들이 길을 잃고 죽임을 당하는 일이 자주 있다.

다행스럽게 청계산 입구에 가면 개구리가 다치지 않고 건너다닐 수 있도록 길을 터놓았다.

이제 아카시아 꽃향기가 자유로이 날아다닐 수 있도록 바람길을 만들어 주어야 할 것 같다. 이 봄, 고향의 향수 같은 아카시아 꽃 냄새 맡으러 산으로 올라간다.

비닐봉지에 붕어가 살던 수족관 물을 담아
8월 어느 날 집 앞의 개천에 놓아주었다.
"넓은 세상에 나가 남을 해치지 말거라!"
하며 주문을 읊었다.
우리 엄니는 살을 에는 겨울 정월 보름날에
한 해도 거르지 않고 한강에 나가 방생을 했다.
가족의 건강과 안녕을 위해.

8월의 방생

　바나나, 백설 공주, 오렌지들이 우리 집으로 입주한 지가 2년이나 되어간다. 몸의 빛깔이 노란색과 흰색 그리고 밝은 주황색을 띠고 있어서, 고만고만한 생활을 하는 우리 가족들에게 즐거움을 주고 있다.

　이놈들은 8각형 수족관 속을 드넓은 대서양인 양 자유자재로 유영을 하는 열대어들이다.

　수족관 속의 모래를 퍼내어 플라스틱 그릇에 담아 호렴(굵은 소금)을 뿌려 쌀을 씻듯이 문질러 씻어 수돗물로 소독을 하고, 수중 모터와 여과기 위의 깔개인 넓은 솜도 이불 세탁하듯 세제를 넣어 빨래를 한다. 열대어들의 배설물을 완전히 제거하려면 치대어 빨아야 한다. 수

중 온도기의 눈금을 체크하며 수도꼭지에 호스를 연결하여 온수를 틀어서 수족관에 7부 정도로 채우고 물이 안정을 할 때까지 30분가량 기다린다. 다음에는 붕어가 원래 놀던 물 조금과 그놈들을 망망대해로 넣어준다. 그때서야 움츠렸던 몸을 활개치며 물 안에서 아래위로 날치처럼 빠르게 노닐곤 한다.

어느 때부턴가 집안일이 바빠지면서 물갈이하는 일이 늦춰지고 물이 뻘겋게 오염되어 가고 있었는데도 열대어들의 시중을 들 수 없게 되었다.

노란 바나나의 몸에 이상이 생기고 병이 생겼는지 몸집 큰 오렌지가 밤낮없이 쪼아대는 것을 오가며 보았다. 새끼가 부화되면 키우는 작은 사각 통 집에 병든 놈을 가둬서 격리시켜 놓았더니만 아침에 일어나 보니 답답했던지 튀어나와 망망대해 속으로 탈출하여 불량배들에게 변을 당했다. 부레처럼 물 위에 둥둥 떠서 가로로 누워 움직이질 않았다. 병들고 힘없는 동료의 몸을 동족들이 쪼아댄 것이다. '왕따'와 폭력은 물 속에까지 파고들었다. 이런저런 이유로 한 마리씩 나를 떠나갔다. 달랑 한 마리 남은 파렴치한 오렌지란 놈은 더 이상 관상용이 아니었다. 몸집이 어찌나 빨리 커 가는지 붕어가 아니라 잉어가 되어갔다. 날씨가 더 춥기 전에 방생이라도 해야 될까 보다. 나는 생명을 죽이는 죄를 조금 면해 보고, 오렌지란 놈에게는 반성의 기회를 주기로 했다.

비닐봉지에 붕어가 살던 수족관 물을 담아 8월 어느 날 집 앞의 개천에 놓아주었다. "넓은 세상에 나가 남을 해치지 말거라!" 하며 주문을 읊었다.

우리 엄니는 살을 에는 겨울 정월 보름날에 한 해도 거르지 않고 한강에 나가 방생을 했다. 가족의 건강과 안녕을 위해.

게으른 난 8월의 땡볕에 나가 방생이 아닌 방류를 하고 터덜터덜 집으로 왔다.

가을에는 낯빛을 바꿔
다른 나무들과 일치하는 메타세콰이어는
자연의 금자탑이며 피라미드다.
메타세콰이어가 있어서 가을이 더 '가을하다!

가을 하모니

초록이 지친 자리에 단풍들이 잔치를 벌이는 가을이다.

나뭇잎들의 기개가 그 힘을 다했는지, 차츰 엽록소가 줄어들어 노란빛이나 붉은빛으로 얼굴을 바꾼다.

사월부터 서슬 퍼런 잎들은 성하의 계절을 지나와 마지막 길을 택하고 있는 것이다. 그중에서도 공원이나 풍치지구에 일렬로 서 있는 '메타세콰이어'는 모범생처럼 자세가 반듯하니 흐트러짐이 없다.

메타세콰어이어를 올려다보고 있노라면 금자탑이 연상된다.

금자탑은 후세에까지 빛날 만큼 훌륭한 업적을 이루었을 때 여러 층으로 높이 세워 만든 건축물이다.

대개의 침엽수들은 잎이 바늘같이 가늘고 끝이 뾰족하니 사철 푸르지만 이 나뭇잎만은 가을에 단풍이 든다. 녹색이 변하여 은은한 황톳빛을 내고 있다. 그러니 여름엔 여름대로 사철나무들과 어깨를 겨루어 위엄이 있어 보이고, 가을엔 활엽수와 더불어 단풍잔치에 슬며시 끼어드니 다정한 친구 같다.

산에 서 있는 모든 나무들이 팔을 민주적으로 자유분방하게 이리저리 뻗어서 질서를 문란하게 하고 있다면, 메타세콰이어는 일률적으로 꼿꼿하니 군주적인 분위기를 보여준다. 몸을 옆으로 기울이거나 팔을 내둘러서 옆의 나무에게 무례함을 저지르지 않는다.

중국의 동북지방이 친정이고 꺾꽂이로도 번식률이 높아 은행나무와 함께한 지구상의 살아 있는 화석이기도 하다.

공룡시대부터 살아온 생명력이 강한 의젓한 이 나무는 가을에 더 운치가 있다. 가을엔 모든 나무들이 나름대로 개성이 있지만 메타세콰이어만큼 기골이 장대하고 귀공자상을 한 나무는 일찍이 없는 듯하다.

가을에는 낯빛을 바꿔 다른 나무들과 일치하는 메타세콰이어는 자연의 금자탑이며 피라미드다.

메타세콰이어가 있어서 가을이 더 '가을하다!'

날아간 추억

　시집 간 딸의 집에 갔더니 웨딩사진첩을 보라며 내민다. 한 장 한 장 넘겨보았더니 꽤나 많은 사진이 들어 있다. 사진전문업체에서 찍어준 야외촬영 사진과 예식 당일에 예식장에서 촬영한 것까지 합하니 2권 분량이나 된다.

　거기다 친구들이 찍어준 스냅사진도 또 한 권쯤 될 것 같다.

　매년 3월 31일 결혼기념일만 되면 생각난다. 결혼식이 끝나고 기념 촬영하던 일이.

　30년 전, 봄이 물러서기를 어정거리며 하늘에서 진눈깨비까지 날렸다. 진눈깨비는 나비춤을 추며 허공을 빙그르 돌아 땅에 내리기도 전

'나이가 들어갈수록 추억을 먹고 산다던데'
결혼 스냅사진이 없어
애깃거리가—추억거리가 줄어들었다.
3월의 마지막 날만 되면
인화되지 못한 사진들을 마음 속으로만 들춰보곤 한다.

에 물이 되었다. 눈도 아니고 비도 아닌 것 같았다.

결혼식 날 눈이 오면 잘산다고 하는 사람도 있고, 봄비는 모종비라며 하객들은 한 마디씩 했다.

나의 결혼식 축하객들은 그날의 땅이 질척거리고 사납던 날씨를 덕담으로 안온하게 감싸주었다. 혼주들 듣기 좋으라고 하던 말이 기분을 200배로 증가시켰다.

30년 전에는 사진기가 귀하던 때였으나 신랑친구가 1대, 고등학생인 친정 남동생이 수완 좋게도 1대를 어디서 빌려와 사진기가 2대나 됐다. 카메라맨이 2명이나 된 것이다. 카메라의 후레쉬가 터질 때마다 눈이 부셔 가뜩이나 긴장되던 마음이 새가슴처럼 콩당콩당 뛰었다.

예식을 무사히 끝내고 신혼여행 채비를 하고 예식장 마당으로 나갔다. 하룻동안 전세 낸 영업용 택시는 치장이 요란했다. 5색 풍선에 색종이 테이프에 촌스러운 것들은 모두 달고서, 신행택시보다 더 촌닭 같은 신부를 기다리며 시동을 걸어놓고 부르릉 거리고 있었다. 밀월여행이랄 것도 없는 단거리 여행이었다. 택시가 세종로 4거리에서 자하문 쪽으로 올라갔다. 길이 달팽이처럼 미로 같은 북악스카이웨이가 나왔다. 팔각정 앞에 내려서 스냅사진을 많이 찍었다. 짓궂은 카메라맨인 신랑친구는 이런저런 포즈를 취해 보라고 주문도 많았다.

‘녹의홍상(綠衣紅裳)’을 어설프게 차려입은 신부와, 품이 큰 양복을 입어 어색해 보이는 새신랑에게, 또 한 대의 택시 속에서 쏟아져 나온 친구들은 어지간히도 놀려 댔다.

그날의 숙소인 워커힐호텔 드넓은 잔디밭에서도 여전히 촬영은 계속 되었다.

일주일 후 동생이 찍은 사진도, 남편친구가 찍은 사진도 모조리 나오지 않았다는 통보를 받았다. 렌즈의 뚜껑을 열지 않아서, 사진기에서 필름을 뺄 때 빛이 들어가서 망쳤다고 한다. 아마추어 사진사들은 우리의 추억을 그렇게 날려 버렸다.

며칠 후 예식장에서 찾아온 큼직한 사진 속에는 낯선 신부가 들어 있었다. 짙은 화장을 한 얼굴에 난생처음 붙여 본 속눈썹으로 인하여.

이제 세월이 언덕을 넘고 넘어왔어도 기억이 또렷하다. 환상적이었던 3월 31일의 워커힐호텔 야경이.

그러나 꿈 속에서나 본 듯 빛바랜 추억은 온데간데없고 기억의 곳간에 저장되어 있을 뿐 눈을 즐겁게 해 줄 사진은 없다.

‘나이가 들어갈수록 추억을 먹고 산다던데’ 결혼 스냅사진이 없어 얘깃거리가―추억거리가 줄어들었다. 3월의 마지막 날만 되면 인화되지 못한 사진들을 마음 속으로만 들춰보곤 한다.

나도 웰빙족

우리의 인생 여정은 호흡의 여정이라 할 수 있겠다.

누구나 숨을 터트리며 세상에 나왔다가 마침내 숨을 거두며 세상을 떠난다.

나도 생활이 복잡해지니 여유 있는 시간이 갖고 싶어졌다. 자투리 시간을 이용해 마음 수련을 해 보기로 했다. 가끔은 명상에 잠겨 보는 것도 잘 살아가는 방법 중에 하나라고 생각했다.

얼마 전부터 심신단련을 위하여 기(氣)체조를 시작했다. 옛 선인들이 즐겨했던 운동법의 하나로 복식호흡과 기혈순환운동으로 몸에 기를 불어 넣는 운동이다.

느리고 깊은 바른 호흡법을 익혀 나가니
머리가 맑아져 건망증이 차츰 사라지고
건강은 내 편이 되었다.
굳어진 어깨 근육도 많이 부드러워졌다.
몸과 마음을 부지런히 단련하여
'나도 웰빙족! 이라고, 자신감 있게 말하련다.

어린아이는 아랫배를 불룩거리며 숨을 쉬지만, 자라면서 사춘기가 되면 감정이 풍부해져 가슴으로 호흡을 하게 된다.

그러다가 노년에 들어서면 어깨로 거친 숨을 쉬며 마침내는 턱까지 차올라 목으로 숨을 쉬게 된다. 더 노쇠해지면 숨 쉬는 횟수가 빨라지며 숨을 거두게 되는 것이다. 이렇게 볼 때 호흡은 아랫배에서 가슴, 어깨, 턱까지의 행로라 할 수 있다.

이런 호흡의 변화가 우리 몸의 기운의 행로라 할 수 있겠다.

사춘기 때에는 기운이 하지로 몰려 남녀를 서로 그리워하게 되고, 장년이 되면 배와 가슴에 오르게 되니, 많이 먹고 야망을 이루려 혼신을 다하게 된다. 그러다 황혼을 맞게 되면 기운은 머리로 올라와 있어 생각이 많아지는 반면 몸은 따라주지 않으니 끊임없는 염려와 상념으로 잠이 없어진다.

이제 나도 어느 만큼의 나이에 가까워지고 있으니 건강에 자신감이 없어지고 있다.

사람은 나이가 들면서 기가 떨어지고 몸을 움직이기 싫어하게 되니 자칫하면 번뇌의 도가니에 빠져들게 된다고 한다. 이런 잡념을 없애주는 운동으로는 기혈순환과 명상수련이 안성맞춤이다.

수련을 하여 몸과 마음을 젊게 하려고 의식적으로 노력해 본다.

하늘과 땅과 사람은 하나다. 하늘의 천기(天氣)와 땅의 지기(地氣)를 받아 올바른 호흡조절을 익혀 나간다면 삿된 질병들이 끼어들지 못하리라.

기체조는 이런 증상이 있는 사람에게 더 좋으리라. 집중력이 떨어지고 건망증이 심한 사람, 명치끝이 뻐근하고 가슴이 답답한 사람, 화를 잘 내고 신경질이 많은 사람, 수족 냉증이 심한 사람에게 더없이 좋은 수련법이다.

편두통이 있는 사람은 산소 공급이 원활해져 세포가 활성화되어 머리가 맑아지니 자연 치유가 된다.

기혈의 순환이 잘되어 사랑이 충만해지고 장부의 기능이 활발해져 심신의 피로감이 빨리 회복된다.

오장이 튼튼해지면 소화기능 또한 더불어 좋아지고, 배설기능이 순조로우니 생식기능이 강건해져 면역력이 강해짐은 두말할 나위가 없다.

이 모두가 스트레칭과 명상으로 이루어지고 있다.

따라서 어깨 호흡을 아랫배로, 머리의 기운을 발아래로 끌어 내리는 비법이 기체조다.

느리고 깊은 바른 호흡법을 익혀 나가니 머리가 맑아져 건망증이 차츰 사라지고 건강은 내 편이 되었다.

굳어진 어깨 근육도 많이 부드러워졌다.

몸과 마음을 부지런히 단련하여 '나도 웰빙족!' 이라고, 자신감 있게
말하련다.

2. 백운저수지

여기저기 물들의 속삭임만 헐떡이는 백운저수지
물은 더 이상 목젖을 차오르지 않는다
뜨겁게 내려앉은 달에 흐느끼는 잠든 물
뱃전에 출렁이는 달빛을 건져 올릴 뿐
생(生)을 낚는 이들
백운저수지에 더 이상 찌는 드리우지 않는다
들을 헤매던 바람
어두운 저수지를 흔들고 빠져나간다.

매화 열매가 달리면 우리 가족은 이미 건강해진다.
눈보라 속에서도 군자처럼
꿋꿋하게 의지를 접지 않고
꽃을 피우고 열매를 맺어
사람에게 이로움만 주는 열매다.

매화꽃 필 무렵

이월 말쯤 전라남도 광양시 섬진마을에 가면 '매화축제'를 열어 야 단법석이다.

섬진강변 백운산 자락의 10만 평 드넓은 땅은 매화 경치가 아름다 워 취화선, 다모 등 드라마나 영화의 배경장소로도 유명하다.

아직 우주만물이 추위에 떨고 있을 때에도 매화는 계속 정진하여 꽃봉오리를 부풀려 부지런한 상춘객들을 불러 모으고 있다.

눈을 맞으며 꽃을 피우고 열매를 맺어서인지 청매실은 가정상비약 으로 요긴하게 쓰이고 있다.

막 더위가 시작되는 6월 중순이면, 동글동글하고 야문 서슬 퍼런 열매들이 쏟아져 나와 시장으로 팔려 나간다. 알뜰하고 살림솜씨 좋은 아낙들을 기다리는 것이다. 매실주(梅實酒)를 담그기도 하고 주스를 만들기도 한다.

매실로 만들 수 있는 특효약이 또 한 가지 있다.

매실과 머위로 만드는 우리 집의 중풍예방약을 소개해 본다.

재료로는 청매실 5개, 머위 잎 5장, 계란 흰자 1개, 청주 5티스푼과 유리그릇과 나무젓가락이 있으면 된다.

만드는 순서는 계란 흰자위를 유리그릇에 넣고 약 50회 정도 거품이 날 때까지 시계방향으로 젓는다. 머위 잎에서 짜낸 생즙 5티스푼을 넣고 50회 저은 다음, 다시 청매실 즙을 넣고 20회, 청주를 넣은 다음 더 저어서 마신다.

여기서 주의할 점은 털머위는 안 된다. 만드는 순서도 바뀌지 않아야 한다.

또한 즙을 마시고 30분 동안 물을 마시지 않아야 한다. 특징은 단 한 번의 복용으로도 평생 중풍을 예방할 수 있다니 명약이 아닐 수 없다.

처방의 기원은 일본의 규슈, 가시시마 겐 교수의 민간요법으로 알려져 인근지역 수만 명이 중풍으로부터 벗어날 수 있었다고 한다.

또한 여름철에는 물을 많이 마시는 계절이라 배탈이 자주 난다. 그럴 때를 대비해서 매실주스를 담근다. 6월 중순경 매실이 나오는 철은 바쁘다. 육즙이 많이 나오는 매실을 찾아야 하기에 시기를 놓치면 아니 된다. 전업주부라면 누구나 매실주스를 한번쯤 만들어 보았을 것이다.

매실을 깨끗이 씻어 물기를 말린 다음 매실 한 켜, 설탕 한 켜 1:1비율로 좋은 용기에 정갈하게 재운다. 서늘한 곳에 두어 3개월을 숙성시키면 노르스름한 주스가 된다. 숙성이 덜된 주스는 달기만 할뿐더러 독이 있을 수 있으니 숙성기간을 지켜야 한다. 식성대로 차갑게, 또는 뜨겁게 마실 수도 있다.

매화는 '본초강목'에도 많은 병을 다스린다는 기록이 나와 있다.

신맛의 매실은 간과 담을 다스리고 세포를 튼튼히 하며, 혈액을 맑게 해 준다고. 또한 번열을 내리게 하며 마음을 편안하게 하고 사지통증을 멈추게 하며 내장의 열을 다스리고 갈증을 조절해 준다. 그리고 토사곽란을 멈추게 하고 냉을 없애며 설사를 멈추게 하고, 주독을 풀어주며 종기를 없애준다. 월경불순, 대변불통, 대변하열, 피오줌을 낫게 한다. 입 안의 냄새를 없애며 가슴앓이와 배 아픈 것을 다스리고 허증피로를 다스리고 폐와 장을 수렴한다. 또한 중풍과 경기를 다스려 주니, 현대인들에게 이만한 명약이 없으리라. 살균과 더불어 피로 회복에 뛰어나니 칼슘 흡수를 촉진하는 구연산과 사과산이 풍부해 스트레스로 칼슘의 소모가 많은 체질에 이만한 건강식품이 일찍이 없을 듯하다.

소화기관이 부실한 우리 가족은 매화꽃 필 무렵이면 얼굴에 화색이 돈다.

매화 열매가 달리면 우리 가족은 이미 건강해진다.

눈보라 속에서도 군자처럼 꿋꿋하게 의지를 접지 않고 꽃을 피우고 열매를 맺어 사람에게 이로움만 주는 열매다.

주스를 담갔던 매실의 건더기도 버릴 게 없다. 육질은 반찬으로 무쳐먹고, 씨앗은 물 속에 넣고 주물러 씻어서 말렸다가 베갯속을 만든다. 그러면 머리가 맑아지면서 숙면을 취할 수가 있다.

명필과 악필의 만남

30년 전의 일이지만 어제 일처럼 기억이 또렷하다.

춥지도 덥지도 않은 가을, 가을이 무르익어가는 10월에 멋을 있는 대로 내고 중매쟁이를 따라 나섰다. 다행히도 상대방 남자는 내 어릴 때부터 키워 온 이상형이다.

서울의 신설동로타리에 있는 '돌다방'에서 양가 부모님을 모시고 촌극이 펼쳐졌다. 상대방 남자의 얼굴빛이 귀공자처럼 희고, 거기다 눈 쌍까풀이 선명해 핸섬해 보였다. 또한 출판사에 근무하니 책은 좀 많이 읽었을까. 겉모습으로 사람 속 모습까지 판단이 섰다.

친정아버지는 양쪽집 식구들이 모여 앉은 다방에서 사윗감을 시험

이게 웬일인가 볼펜을 잡고 만지작거리더니,
'일필휘지' 로 단숨에 떡하니 써서 내놓았다.
그것도 순 한문으로.
악필인 내 눈엔 그보다 더 멋있는 배필이 없을 듯했다.

해 보기 시작했다. 미리 준비한 편지지와 볼펜을 내밀면서

"여기다 자네 본적이랑 생년월일이랑 성명을 써 보게." 하며 엄한 시험관이 되어 지켜보고 계셨다. 이게 웬일인가 볼펜을 잡고 만지작거리더니, '일필휘지' 로 단숨에 떡하니 써서 내놓았다. 그것도 순 한문으로. 악필인 내 눈엔 그보다 더 멋있는 배필이 없을 듯했다. 지켜보던 가족들도 명필에 한번 더 놀랐다.

나의 필체가 좋지 않아서 언제나 남의 앞에서 글씨 쓰는 일이 생기면 주저주저한다. 그러니 당연히 괜찮은 배필이라는 생각이 자리를 잡아가기 시작했다.

물론 아버지는 더 이상 알아볼 필요도 없다며 사윗감으로 합격시켰다. 아직 충분히 교제를 해 보지도 않았는데 떡하니 결혼 승낙을 하셨다.

그 후로 일주일에 한 번씩의 데이트는 빠른 진전이 있었고, 꼭 돌다방으로 약속 장소를 정했다. 그런데 늘상 약속 시간보다 30여 분씩 늦게 나타났다. 친구들과 어울려 한잔을 하고 약혼녀와의 약속 시간을 어기는 비신사였다. 나중에 안 일이지만 남편은 학창 시절에 축구선수생활을 했고 책과는 담을 쌓은 외향적인 성격이었다. 축구중계가 있는 날이면 다방으로 나를 불러내어 옆에 앉혀놓고 축구경기만 열심

히 보는 멋없는 남자였다. 무뚝뚝한 그 남자와 아직도 난 그 시절 애기를 하며 무덤덤하게 살아가고 있다.

명절 때마다 시댁 가는 길목 신설동에 있는, 우리의 아지트였던 그 지하 돌다방엘 언제 한번 들러 보아야겠다.

우리 집에 쓰나미가

오늘은 그 녀석이 오는 날이다. 일주일에 3일은 초긴장을 해야 한다. 왜냐하면 어찌나 행동이 날렵한지 따라잡을 수가 없다.

누가 이 녀석을 30개월짜리 아이라고 말할 수 있을까.

제 어미가 스포츠센터로 운동하러 다니면서 자연스럽게 내게 맡기는 일이 이어져 가고 있다. 속담에 '새 본 공과 애 본 공은 없다'고 했다.

첫 외손자가 태어나던 날은 식구들이 서로 안아 보겠다고 작은 다툼까지 했었다. 하지만 이제는 아니다. 시간이 지남에 따라 서로가 애 보기를 꺼려 한다. 순하기만 하던 녀석은 개월 수가 더해지면서 삼해져 가고 있다.

"할머니 그릇을 이렇게 깨뜨렸으니 어떻게 해!" 했더니,
이 녀석 왈—
"뭘, 그릇 저기 많이 있네!" 하며
손가락으로 그릇이 쌓여 있는 싱크대 그릇장을 가리킨다.
아~ 이제 손자 녀석 앞에서는
힘도 딸리고 말도 딸린다!

녀석이 한번씩 왔다 가면 우리 집의 살림살이는 얌전히 제자리에 놓여 있질 않는다. 화장대 위의 화장품은 뚜껑이 열려 있고, 볼터치의 붓은 수세미가 되어 못쓰게 됐고, 책장에 있어야 할 책들은 방바닥에 쓰러져 누워 있다. 우리 집에는 쓰나미가 자주 휩쓸고 지나간다.

흩어진 화장품이나 책들을 간추려 정리하노라면 이번에는 과자봉지를 거꾸로 들어서 거실 바닥을 온통 아수라장으로 만들어 버린다. 부아가 치밀어서 눈을 치켜뜨고 호통을 쳐도 통할 리가 없다. 손으로 한 대 갈기고 싶어도 녀석의 얼굴을 들여다보면 차마 손을 댈 수가 없다.

예전의 미운 7살이 이제 3살로 단축된 듯하다. 그래서 요즘 엄마들 간에 나누는 대화를 들어보면 '미운' 7살이 아니고 '죽이고' 싶은 7살이라고 서슴없이 말을 한다.

오늘도 대형 사고를 쳤다. 싱크대 위에 먹다 남겨놓은 과일 접시를 제 앞으로 그러당기는 바람에 부엌 바닥으로 떨어지면서 박살이 났다. 풍비박산 된 접시와 과일은 사금파리에 뒤섞여 우리를 위협했다.

그럼에도, 맨발로 뛰어드는 애를 부여잡고 또 한 차례 야단을 치며 난리굿을 했다.

"할머니 그릇을 이렇게 깨뜨렸으니 어떻게 해!" 했더니, 이 녀석 왈―

"뭘, 그릇 저기 많이 있네!" 하며 손가락으로 그릇이 쌓여 있는 싱
크대 그릇장을 가리킨다.

아~ 이제 손자 녀석 앞에서는 힘도 딸리고 말도 딸린다!

24절기

24절기 안에 있는 소한, 대한이 슬며시 물러났다. 추위래야 수도권에 겨우 한두 번의 눈이 왔고 눈바람이 일었던 게 전부다.

겨울의 꼬리도 흐지부지 내려가고 있다.

농촌에서는 겨울이 겨울답지 않으면 논두렁의 병충들이 얼어 죽지 않아 이듬해 걱정을 한다. 적설량이 적은 해는 여름 가뭄도 달고 온다고 풍년을 가늠해 보기도 했다.

우리는 농경시대와 산업화를 거쳐 첨단과학시대를 살고 있지만 농사가 잘돼야 맘이 편한 건 너나없이 같은 생각일 것이다.

조상들이 농군이었고 아직도 농사꾼 아들딸이 많다. 들판의 곡식

농군들이 가장 좋아하는 계절이 가을이리라.
입추, 처서, 백로, 추분, 한로, 상강이 들어 있어서
가을이라 한다.
입동이 되면 김장을 시작하면서 겨울이 시작된다.
소설, 대설, 동지, 소한, 대한이다.
이렇듯 15일 간격으로 절기가 바뀌어
3개월마다 계절을 일러주고 있다.

여물어 가는 일에 눈길을 뗄 수가 없다.

때 아닌 겨울비가 자주 내린다. 따뜻한 기온과 다소곳이 오는 비는 봄처럼 다감하다. 아침이면 안개 속을 가르는 차량들이 어기적거린다.

매서운 칼바람은 불 것 같지 않아, 서민이 살기엔 작은 축복이다.

공기를 오염시키고 날씨의 온도를 높이는 원인 제공자는 오늘을 살아가는 사람들이다.

밤 내내 태운 보일러 폐기가스와 자동차의 훈기와 매연, 대낮보다 밝은 네온사인, 대중탕의 오폐수, 찜질방에서 나오는 열기 등이 일조했다. 결국 내 눈 내가 찌른 풍상이다.

생활하기에 불편한 것 없는 세상이 되었으나, 그 대가를 톡톡히 치러야 할 것 같다.

공장의 굴뚝에서 나오는 분진은 대기를 오염시키고, 암을 일으키는 물질과 환경호르몬으로 심폐환자들이 늘어나고 있다.

맑은 하늘, 쾌적한 공기 마시는 일이 희박해져 가고 있다. 세계보건기구에 따르면 여러 나라 중 한국은 대기오염의 기준치가 월등히 넘는다 하니, 이대로 가다간 신선한 산소를 사러 다녀야 할 것 같다. 공기오염을 줄이기 위한 노력은 아무리 서둘러도 빠르지 않을 듯하다.

이렇듯 겨울의 직무유기가 다음해에도 계속되지 않을까 적잖이 염려스럽다.

고생스럽고 불편해도 오래 전의 추위가 다시 오길 원한다. 물 묻은 손으로 쇠 문고리를 잡으면 감전이라도 된 듯 쩍 달라붙던 그때처럼. 외출할 때는 털옷으로 중무장을 해야 이겨 낼 수 있던 시절이 있었다.

겨울이 직무유기를 할 수 있도록 다리를 놓아준 셈이다. 지구가 점층적으로 더워지는 추세라 한다. 근래의 여름은 살인적일 만큼 뜨겁다. 그래서 더위도 재난이라고 한다. 여름에 시원하라고 켠 에어컨 열기와 겨울을 봄처럼 따뜻하게 해 준 가스보일러에서 내뿜은 열기들이 오존층을 망가뜨렸다.

이제 기후도 변덕쟁이가 되어가고 있다. 여름이 여름 이상으로 뜨겁다든가 비가 자주 와서 농산물에 냉해를 입히기도 한다. 겨울도 이랬다저랬다 종잡을 수가 없다. 어느 해는 상식을 뛰어넘을 만큼 눈이 쌓이고 혹한이 겹치는가 하면 겨울답지 않게 봄 날씨처럼 따뜻하니 변화 속에 변화다.

그 옛날 계절을 가늠해서 농사를 짓던 때가 있었다. 그런 때를 척척 잘 알아맞추어 농사일을 지휘했던 어른들이 대단하다. 그래서 집

집마다 연세든 분들이 대접을 받고 살았다. 24절기 안에는 봄, 여름, 가을, 겨울로 한 절기마다 6개의 절기가 정확하게 구분되어 있다. 봄 안에는―입춘을 시작해서 우수, 경칩, 춘분, 청명, 곡우로 갈음한다.

또한 여름은 입하를 기점으로 소만, 망종, 하지, 소서, 대서가 들어 있다.

농군들이 가장 좋아하는 계절이 가을이리라. 입추, 처서, 백로, 추분, 한로, 상강이 들어 있어서 가을이라 한다. 입동이 되면 김장을 시작하면서 겨울이 시작된다. 소설, 대설, 동지, 소한, 대한이다. 이렇듯 15일 간격으로 절기가 바뀌어 3개월마다 계절을 일러주고 있다.

겨울이 임무수행을 다하고 구실을 하도록 한번 더 생각하며 생활해야 할 일이다. 게으른 겨울을 탓하기에 앞서 문명의 이기를 내세워 편리함만을 추구한 우리 모두의 책임이 더 큰 것은 자명한 일이다.

월남전은 종결되었어도,
우리 집 가장의 몸은 날로 쇠약해져 가고 있다.
약(藥)과의 전쟁은 아직도 진행중이다.
나라에서 얼마간의 보상을 해준다 해도
잃어 버린 건강을 돌이킬 수는 없다.
하물며 아무런 위로금도 받지 못하고 있다.

끝나지 않은 전쟁

　사람이 건강을 유지하며 불편 없이 살아가려면 세 가지 조건이 맞아야 한다. 즉 순환이 잘되어야 할 것이다.

　첫째로 섭생을 잘해야 한다. —먹은 음식을 잘 소화시켜야 되겠다.

　둘째로 배설이 잘 되어야 하리라. 변비증이 있다든가, 설사를 자주 한다면 장에 문제가 있어 큰 탈이다.

　셋째로 밤잠을 잘 자야 한다. 그것도 숙면을 해야 이튿날 머리가 맑아지고 삶의 의욕이 생기는 법이다. 세 가지 중에 한 가지만 미흡해도 건강이 삐거덕 거려서 불편한 날로 이어지는 것이다.

　남편은 밤잠을 설치기를 근 30여 년을 하고 있다. 고달픈 하루를 마감하고 단잠을 자는 것만큼 중요한 일이 없으련만, 설령 잠을 잔다 해도 악몽에 시달리느라 한밤중에 자리에서 일어나 앉아 있기를 자주해 오고 있다. 자연적으로 신경이 예민한 나도 덩달아 잠에서 깨곤 한다.

남편의 악몽은 주로 전쟁터에서 일어난 일들이 생시에 일어난 것처럼 선명하다고 토로한다. 어느 날은 꿈이라서 다행이라고 가슴을 쓸어내리기도 한다. 식은땀으로 내의가 흠씬 젖기도 한다.

사람의 내면에 잠재하고 있는 무의식(無意識)이란 참으로 오랜 동안 머물고 있는가 보다. 남편이 월남 참전용사로 제대한 지가 근 37년이나 되어 가는데도 불구하고 아직도, 그 잊고 싶은 무시무시한 과거는 영혼 깊숙이 박혀 있나 보다.

남편은 나라의 부름을 받고 포탄이 밤낮없이 쏟아지는 전쟁터, 월남에 차출되어 나갔다.

1945년생이라 6·25전쟁도 겪은 세대다. 북쪽에서 총을 메고 밀어닥치는 북한군에게 쫓겨, 걸어서 한강을 건너야만 했다고 한다. 인천 외갓집으로 피난 가는 길인 한강다리가 폭파되어 엿가락처럼 늘어져 있어 어찌어찌하여 겨우 건넜던 절박했던 기억도 갖고 있다. 남편은 아주 어렸을 때부터 전쟁이라는 아픈 상처를 가슴에 안고 성장했다.

한강 모래밭에 죽어서 넘어진 말고기를 먹었던 기억도 생생히 갖고 있다. 서울이 고향인 사람이라면 누구나 겪었을 사변이리라.

15년이 지난 후에는 군인의 신분으로, 바위라도 뚫을 왕성한 혈기 하나로 베트콩과 맞서 싸우러 전쟁터로 나갔다. 1만 톤의 군함을 타고 190시간이나 걸리는, 근 8일간을 파도와 싸우며 배 멀미를 하며 격전지에 겨우 도착했다고 한다. 하지만 목숨 걸어 싸운 보람도 없이 월남전은 패(敗)했고 그곳의 총소리가 그친 지 오래되었건만, 병마와의 전쟁은 아직도 계속되고 있다. 고혈압과 간경화, 불면증으로 하루하루를 지탱해 나가고 있다. 보훈처에서는 ‘고엽제 등외 자(者)’ 에게 주는 혜택은 없다고 했다. 즉 보훈처에서 지정하고 있는 병명에 속하지 않는다는 것이다. 이미 전쟁터에서 다친 ‘마음의 병’ 은 아무도 인정해 주지 않으니, 그저 당사자만의 고통이고 가족의 고통일 뿐이다.

육안으로 볼 수 없는 내면의 고통은 모든 참전용사들의 고통으로 남아 있을 뿐이다.

요즘도, 마음이 여린 남편은 신경안정제를 하루라도 먹지 않으면 깊은 잠을 이루지 못한다. 그러니, 옆에서 지켜보기가 너무 처절하다.

월남전은 종결되었어도, 우리 집 가장의 몸은 날로 쇠약해져 가고 있다. 약(藥)과의 전쟁은 아직도 진행중이다. 나라에서 얼마간의 보상을 해 준다 해도 잃어 버린 건강을 돌이킬 수는 없다. 하물며 아무런 위로금도 받지 못하고 있다.

　남편은 오늘도 한 옴큼의 약을 털어 넣고 잠을 청한다.

　오늘도 나는 부처님께 두 손 모아 남편의 건강을 간절히 기원해
본다.

할머니와 정보지

다양한 정보가 실려 있는 여러 종류의 정보지가 진열대에 가지런히 꽂혀 있다. 길 가던 할머니가 걸음을 멈추고 10여 부나 되는 신문을 주섬주섬 뽑아서 옆구리에 끼고 급히 사라진다. 떳떳치 못한 행동인지 눈빛이 불안해 보인다.

현 시대를 살아가는 사람이라면 생활정보지 한번쯤은 접해 봄직하다. 단어 그대로 서민의 정보와 소식이 고스란히 들어 있다.

직장을 이동할 때, 부동산을 임대하거나 셋집을 구할 때, 매매를 원할 때도, 중고 생활용품을 사고팔 때도, 작은 사무실에서 자영업을 하는 사람이 인력을 구할 때도, 구직을 원할 때도 이용하게 된다.

물론 젊었을 때 열심히 살았더라면
더할 나위 없겠으나,
나름대로는 열심히 살아냈더라도
자식을 위해서만 혼신을 다해 온 세대들이다.
막상 병약한 노후에는 빈털터리가 되어
자식들만 쳐다보고 있다.
빈손으로 거리에 내몰린 앙코르세대들이다.

지역 안에서 일어나는 자잘한 행사도 무료로 광고를 해 준다.

짤막한 생활 속의 이야기나 미니 칼럼도 실려 있어 정보지의 식상함을 덜어주기도 한다. 우리 집도 이런저런 일로 정보지 애독자다.

또 다른 광고가 하나 더 있다. '정보지를 무단 수거하지 말 것' 이라는 호소문 같은 글이 실려 있다.

좀 전에 남루한 옷차림의 그 노인도 꼭 정보가 필요해서 신문을 뭉치째로 걷어 가진 않았을 것이다.

건물 모퉁이에 세워둔 낡아빠진 손수레에 큰 소득이라도 생긴 듯 파지가 실린 수레를 어기적거리며 끌고 간다.

오늘날 우리네 노인들의 자화상이다. 언제부턴지 파지를 수집하는 노인들이 늘어나고 있다. 자손들의 반대에도 무릅쓰고, 차량이 물결치는 도로 위를 신호까지 무시하며 곡예하듯 질주하는 것을 볼 수 있다. 보는 사람 마음이 모두 조마조마했을 것이다. 맨몸으로도 힘든 연세에 맘대로 움직여지지도 않는 수레를 끌고 다니는 걸 보니 노인 문제의 심각성을 피부로 느낀다.

젊었을 때 전문직에라도 종사했다면 퇴직연금이라도 받아가며 노후를 보내련만, 그도 저도 아닌 서민층은 살아내는 일이 어려울 수밖에 없을 것이다.

‘빈익빈 부익부’ 의미를 실감케 한다.

시설 좋은 실버타운을 환상적으로 꾸며놓은 곳이 늘어만 가고 있다.

품안을 떠난 자식들을 원망하기보다는 위락시설이 잘 갖추어진 곳에 은행통장 하나 달랑 들고 들어가도 아쉬울 것 없이 지낼 수 있다고 한다.

친구도 병원시설도 그럴 듯하지만, 이런 전망 좋은 전원을 맘껏 누리며 사는 노인이 얼마나 될까 싶다.

아직도 우리 주위엔 소외계층이 더 많고, 추위에 떨며 배곯는 노인이 많다.

파고다공원에서 한 끼니를 책임져 주는 일은 임시방편에 불과하다. 노인을 위한 정책이 도입되지 않는 한 외로운 실버들이 험난한 세파에 밀려다닐 것이다.

물론 젊었을 때 열심히 살았더라면 더할 나위 없겠으나, 나름대로는 열심히 살아냈더라도 자식을 위해서만 혼신을 다해 온 세대들이다. 막상 병약한 노후에는 빈털터리가 되어 자식들만 쳐다보고 있다. 빈손으로 거리에 내몰린 앙코르세대들이다.

선진국처럼 노동력이 있을 때 세금을 많이 물려서라도 노후를 책임져 주는 제도를 일찍 모방했더라면 일이 이렇게까진 되지 않았을 것이다.

미약하나마 국민연금제도가 있다고는 하지만, 그날그날을 살아가는 힘없는 노인들은 그저 저도 아니다.

노령화에서 고령사회로 접어들었다. 65세 이상 노인들이 해마다 늘어나 국민 전체의 20%에 육박하고 있다. 아이러니컬하게도 노령인구는 늘어나고 있는데 반해 노인에게 일자리를 제공해 주는 곳은 많지 않다.

미흡한 사회보장제도는 앞으로 우리 모두의 문제로 다가오고 있다.

어르신이 대접받는 시대가 왔으면 한다.

노인들은 가용에라도 보탬이 되려고 파지를 주우러 다니지만 자식들은 체면이 깎인다고 달가워하지 않는다. 그렇다고 보기 좋게 용돈을 듬뿍 주지도 못하면서…….

3. 아침 까치

부리 끝으로 소식을 풀어내며
아침을 가락 짓는 까치소리

우리 엄니 환생 같아서
눈 마주쳐 보려 하지만

이승의 맘 알아줄 리 없고
저승의 뜻을 알 수 없어라.

이런 뜻 깊은 술잔을 정치인들이 소장하고
정사를 살폈으면 좋겠다.
날이 갈수록 어려워지고 있는 경제와,
하늘 높은 줄 모르게 치솟는 물가를 다스릴 정치인은 없으니,
서민들의 애환은 늘어가고 있다.
정치인들은 민심을 헤아리지 않고 나 몰라라 하면서
날이면 날마다 당리당략과 이기심만 앞세우고 있다.
정치인들에게 계영배를 1개씩 나누어 주었으면 한다.

절주배(節酒杯)

올해 어려운 대학시험을 치르고 무난히 합격하여 대학생이 된 조카에게서 술에 대한 충격적인 얘기를 전해 들었다.

'맴버쉽 트레이닝' ―신입생 환영회에 참가하느라 집을 떠나 1박을 하게 되었는데, 취지는 멋있으나 술자리로 시작해서 술자리로 끝낸다는 것이다. 언제부턴가 재학생들이 신입생들에게 술을 강제로 먹여 곤혹스런 통과의례처럼 되어 가고 있다 한다. 조카의 말이 아니더라도 이미 영상매체에서 익히 보고 들은 이야기다. 3월 신학기만 되면 불미스런 일이 일어나곤 한다. 잘 마시지 못하는 술을 선배들의 강요에 못 이겨 받아 마시고는 사망으로까지 가는 예를 종종 전해 듣는다.

고등학교 재학 시절 내내 시험문제와 씨름만 하던 후배들에게 입학 기념으로, 애정 표현으로 폭탄주를 마시게 하는 선배들이 무섭다고 까지 했다.

폭탄주의 이름도 다양했다. '화합주'로 시작하여 '뽕주' '드라큘라 주' '회오리주' '타이타닉주'도 있다는 것이다. 따라주는 대로 마셔 야만 선배에게 절대 복종하는 후배로 보이는가 보다.

남편의 회갑을 그냥 넘길 수가 없어서 시댁과 친정, 직계가족들만 모여 조촐하게 식사를 했다. 식사가 끝날 무렵 친정 막내동생이 선물 이라며 포장지가 화사한 꾸러미를 조심스럽게 건네주었다. "이제 매 형도 절주를 하셔야죠." 하며 덕담을 곁들였다.

포장지를 풀어 보니 발그레한 분홍빛이 감도는 도자기로 만든 계영 배(戒盈杯)였다. 매형의 건강과 누나를 생각하는 마음이 담겨 있는 선 물이다. 계영배는 과음을 경계하기 위해, 술이 일정한 한도에 차면 구 멍으로 새어 나가도록 만든 잔이었다. 설명서를 살펴보니, 조선시대 도자기의 장인인 우명인이라는 사람이 우리나라에선 최초로 만든 것 이다.

계영배는 최인호의 소설 『상도』 속에도 나온다. 조선시대의 거상 임상옥은 평소에 계영배를 옆에 두고 솟구치는 과욕을 다스리면서 큰 재산을 모았다고 한다.

계영배는 한자로 경계할 계(戒), 찰 영(盈), 잔 배(杯)로 술이 가득차면 넘쳐흐르지 않고 구멍으로 빠져나가 잔의 7할만 남는다. ―과음을 하지 말라는 속 뜻으로 절주배(節酒杯)라고도 했다.

잔을 들어 아무리 살펴봐도 넘친 술이 보이지 않아 신비롭기까지 했다. 일찍이 계영배는 '고대 중국에서 과욕을 경계하기 위해 하늘에 정성 드리며 비밀리에 만들어졌던 의기(義器)에서 유래되었다' 한다.

또한 자료에 의하면 공자가 제나라 환공(桓公)의 사당을 찾았을 때 생전의 환공이 늘 곁에 두고서 스스로의 과욕을 경계하기 위해 사용했던 의기를 보았다고 한다.

이런 뜻 깊은 술잔을 정치인들이 소장하고 정사를 살폈으면 좋겠다. 날이 갈수록 어려워지고 있는 경제와, 하늘 높은 줄 모르게 치솟는 물가를 다스릴 정치인은 없으니, 서민들의 애환은 늘어가고 있다. 정치인들은 민심을 헤아리지 않고 나 몰라라 하면서 날이면 날마다 당리당략과 이기심만 앞세우고 있다. 정치인들에게 계영배를 1개씩 나누어 주었으면 한다.

아울러 매년 3월 대학캠퍼스에 있는 학생들에게도 몇 백 개의 계영배를 구해서 과음을 절제하도록 나누어 주었으면 하는 마음이다.

세상에 태어나 가장 빠른 동작이었으리라.
매장 안의 사람들이 붐비기 시작하는 것으로 보아
11시쯤은 되었음직하다.
사람들 틈을 빛살만큼 재빠르게 빠져나갔다.
밤색 핸드백은 신발 진열대 위에 얌전히 있었다.

무빙워크 거꾸로 타 보셨나요

마트의 문이 열리자마자 3층 애완견 코너로 올라갔다. 애완견 코너 옆에 있는 금붕어 코너에 가기 위해서.

금붕어 밥이 떨어진 지 24시간이 다 되어가고 있어 맘이 급했다. 왜냐하면 금붕어란 놈들이 의리가 없는지 머리가 나쁜지 배가 고프면 힘센 놈이 약한 놈을 쫓아다니며 살을 뜯어먹고 눈을 빼먹는다.

삶의 경쟁이 사람 세계 이상으로 치열하고 처절하다. 마트 정문 앞까지는 급한 마음으로 갔지만 막상 매장 안으로 들어가면서부터는 맘이 느긋해진다. 이것저것 진열된 상품들을 눈요기하느라 잠깐 헛짓을 하기 마련이다. 봄도 되었으니 신발 코너가 눈에 들어왔다. 발길이 머물렀다. 오전시간이라 사람이 붐비지 않아 좀 여유가 있었다. 예쁜 샌들을 이것저것 신어 보았다. 재래시장처럼 점원이 다가와 "이걸로 신어 보세요, 저게 좋네요." 하고 귀찮게 하지 않기에 별 부담감 없이 이것저것 발에 꿰어 보았다. 디자인과 색상을 골라 옷과 매치해 보고 신어 보고 벗어 보고 하면서 어떤 것이 좋은지는 정작 결정하지 못하고 시간만 축냈다. 그러다가 퍼뜩 금붕어 밥을 사야 한다는 사명감으로 부리나케 붕어 밥을 들고 1층으로 내려갔다. 반찬거리 몇 가지를 더 골라서 들고 다니는 바구니에 담았다. 라면과 간식거리를 사고 싶었지만 내일 다시 오기로 하고 계산대로 다가갔다. 순간 어깨가 허전했다. 가방! 내 가방! 어깨에 걸려 있어야 할 핸드백이 없다. 이상하다. 핸드백을 아무데나 내려놓는 성격이 아닌데 ……

머리에 불을 들어부은 듯이 화끈거렸다. 핸드백 속에는 자잘한 살림과 큰살림이 다 들어 있다. 여러 은행통장과 카드지갑 속에는 많은 신용카드와 캐시카드가 들어 있고, 어저께 방 임대 계약금 받은 돈이 고스란히 들어 있다. 은행 먼저 들릴까 하다가 내일로 미룬 것이 이렇게 후회될 수가 없다. 발등을 찧고 싶다. 수표도 아니고 현금이니 누가 가져다 오죽이나 잘 쓸까.

수표였다면 분실신고하고 지급정지를 내리면 될 것을! 아~ 이럴 땐

내가 정말 싫다. 아 맞다! 신발 코너다! 신발 코너가 몇 층이더라? 올라가는 쪽이 어디더라! 그렇지 올라가는 무빙워크는 반대쪽에 있으나 거기까지 돌아서 갈 시간이 없다. 바구니를 팽개치듯 계산대 밑으로 밀어 넣고는 내려오는 무빙워크 위에 미끄러지듯 올랐다. 오늘 따라 꽤나 속도가 빨랐다. 1층에서 3층까지 얼마나 빨리 뛰었는지 그것도 거꾸로 뛰어 올라갔다.

세상에 태어나 가장 빠른 동작이었으리라. 매장 안의 사람들이 붐비기 시작하는 것으로 보아 11시쯤은 되었음직하다. 사람들 틈을 빛살만큼 재빠르게 빠져나갔다. 밤색 핸드백은 신발 진열대 위에 얌전히 있었다.

"반갑다. 핸드백아……."

옛 선비들은 술잔이 앞에 올 때까지
오언시(五言詩)나 칠언시(七言詩)를 지어 읊었다.
굽이굽이 돌아 흐르는 물길 속에
곡수연(曲水宴) 풍경이 눈에 선하다.

종이배 놀이

경주 나정에서 언양 쪽으로 1km쯤 내려오면 신라시대에 가장 아름다운 이궁지(離宮地)였던 포석정이 있다. 지난날 태자궁과 세자궁을 두루 이루던 행궁이다. 작은 공원처럼 꾸며진 포석정(鮑石亭)은 유상곡수연(流觴曲水宴)—지난날 선비들이 정원의 곡수에 술잔을 띄우고 시를 읊으며 즐기던 잔치로, 전복 껍질 모양의 돌 홈 곡수거(曲水渠)만 현재 남아 있다. 그리고 정자에 오르던 섬돌이 하나 있다.

신라시대 경애왕이 10월에 신하와 궁녀들과 술을 마시며 즐기던 중 견훤 군이 입성했다는 말을 듣고 왕비와 함께 황급히 빠져나가 성남의 이궁에 숨었다고 한다. 유상곡수연은 중국 동진시대까지 올라간다. 왕희지 등 40인의 명사들이 모여 흐르는 개울에 몸을 깨끗이 씻고 '결제사'를 올리고 개울물 위에 술잔을 띄워 술잔이 자기 앞에 올 때까지 시 한 수를 지어 읊는 놀이를 하였다 한다. 이때 시를 짓지 못하면 벌주 3잔을 마시었다고 한다. 이런 고사를 본떠서 동양의 왕궁에는 유상곡수연의 유배거(流盃渠)가 만들어졌다.

이곳 경주에 와서 포석정을 보고 있노라니 유년의 뜰이 떠오른다. 산비탈 외딴집에 비가 오면 바깥마당 여기저기에 물이 흘렀다. 황토를 퍼다 작은 샘을 만들기도 하고 작은 도랑을 내어 종이배 놀이를 했다. 혼자서 하는 놀이치고는 몸이 꽤나 바빴다. 산에서 내려오는 샘물보다 맑은 물을 웅덩이 안에 가두노라면 어느새 보가 터져서 흙이 흘러가곤 했다. 장마가 끝나고 해가 나오면 머리는 뜨거웠지만 물 속에 있는 손만은 시원했다. 물줄기가 지천인지라 물은 더없이 좋은 친구였다.

이번에는 황토를 손으로 토닥거려 뭉쳐서 도랑을 거꾸로도 만들어 보았다. 물이 거꾸로 흐르게 하려면 낮은 곳에 흙을 돋우어 천천히 또는 물이 맴돌 수 있게 만들어 놓고는 종이배를 접어 띄웠다. 종이배 엉덩이를 손가락으로 쑥 밀어서 아래위로 왕래하도록 했다. 종이배 속에는 왕개미가 손님이 되어주었다. 땡볕 아래에서 놀이에 열중하다

보면 손은 물에 불어서 커지고 얼굴은 익어서 땀띠가 따끔 거렸다.

전복 껍데기 모양을 한 포석정을 바라보니 옛 선비들의 술잔과 종이배가 오버랩되어 나의 발길을 오래도록 붙잡았다.

옛 선비들은 술잔이 앞에 올 때까지 오언시(五言詩)나 칠언시(七言詩)를 지어 읊었다. 굽이굽이 돌아 흐르는 물길 속에 곡수연(曲水宴) 풍경이 눈에 선하다.

지금의 50대들은 마지막으로 효도해 보고
자식들에게 처음으로 홀대를 받게 된다니
남은 여생― 앞날은 내 스스로 책임을 져야 하는
서글픈 세대들이다.

마처족

현대인들은 신조어(新造語)를 만들어 내는데 이력이 나 있다.

국어사전에도 없는 말들을 위트 있게 잘 만들어 내고 있으니.

'마처족' 이란 부모님에게 마지막으로 효도하는 세대이고, 자식에게는 처음으로 홀대받는 세대라는 말이라고 한다.

우리 어렸을 때만 해도 부모님이 병환으로 누워 계시면 걱정이 되어 머리맡에 두 무릎을 개고 앉아서 차가운 손으로 이마도 짚어 보고 걱정이 태산 같았으나, 요새 아이들은 아니다. 언제부턴지 모르게 안중에도 없다.

그리고 요즘 젊은이들은 늙은 부모와 같이 살려고도 하지 않는다.

충효사상이란 말도 빛바랜 지 오래되었다. 개인주의가 팽배해져 가면서 핵가족화되어 가고 있다. 고층아파트 생활이 싫다고 도리질하는 노인들의 의견을 무시한 채, 해외로 이민 가는 자손들도 늘어나고 있다. 늘그막에 손자의 재롱을 보기는커녕 사람의 온기조차 없이 이웃과 단절되어 살아가고 있다. 그나마 배우자라도 있으면 큰 다행이지만 독신으로 살다가 숨져서 여러 날 방치된 채 발견되는 예도 허다하다. 신문지상의 기사가 남의 일만은 아닌 것이다.

지금의 50대들은 마지막으로 효도해 보고 자식들에게 처음으로 홀대를 받게 된다니 남은 여생―앞날은 내 스스로 책임을 져야 하는 서글픈 세대들이다.

그래서 요즘 사람들은 자녀의 교육보험은 가입하지 않아도 노후연금은 일찍이 가입해 불입해 나가고 있다. 퇴직연령이 낮아졌으니 노후생활 기간이 길어진 것은 당연하다. 40세에 개인연금을 시작해도 이르지 않다는 결론이다.

대다수의 사람들은 정년퇴직하면 바로 노년이 되어 죽음을 생각하고 있지만 그렇지 않다. 보통 30세를 전후해서 부모에게서 독립을 한다면 늦게까지 직장생활을 한다 해도 50~55세가 되면 일터에서 물러나야 한다. 그렇게 되면 그다음부터는 소득 없이 보통 25년을 살게 된다. 더구나 평균수명은 자꾸 늘어나고 있으니, 젊을 때 부지런히 노후 생활 설계를 세워야 한다.

앞서가신 우리네 어머니 아버지들처럼 자식에게 모두 내어주고 빈손으로 나앉아 자식들의 처분만 기다린다는 것은 위험한 게임이다.

우리 부부도 그나마 개인연금을 준비한다고는 했지만 워낙 작은 액수여서 마음이 불편하고 불안하다. 갑자기 몹쓸 병이라도 걸리는 날에는 작은 일이 아니다. 얼마간의 질병보험이 준비는 되어 있으나 세상일은 마음대로 되는 게 아니라서.

지금만 같으면 위기가 닥쳐도 자식의 발목을 잡지 않으련만……

경제활동은 점점 희박해져 가고 건강은 나날이 자신이 없다. 항상 준비하는 자세로 살아왔지만 자꾸만 마음이 허해진다.

다행이도 아들이 걱정하지 말라고 위안을 하지만 아들의 노후도 닥쳐오고 있기에, 우리 부부는 무거운 짐으로 아들의 발목을 잡고 싶지 않은 심정이다.

아무리 세상이 얼굴을 바꾸더라도 모든 이들이 부모와 자식의 관계가 길게 이어졌으면 하는 희망을 갈구해 볼 것이다.

삶의 주체로 살아온 '마처족' 들이 평화로운 노후를 살게 되기를 갈망한다.

'새 국어사전'만큼 유명한 작품집은 없는 것 같다……
내 글도 그와같이 정교하고 세밀하게 표현하여야겠다.
그래서 문장이 마땅히 갖추어야 할 세 가지 요건인,
보기 쉽고, 읽기 쉽고,
알기 쉽게 '문장삼이'가 갖춰진
깔끔한 글을 써 보고 싶다.

지식의 오솔길

[본. 준. 비. 큰. 작. 센. 거. 여. 높. 예. 낮. 변]이란 글자들은 국어사전 속의 동그라미 안에 들어 있는 표기들이다.

국어사전은 단어들을 일정한 차례로 배열하여, 각 단어의 표기, 어원, 발음, 문법, 범주의 뜻 등을 풀이한 책이다.

시력이 자꾸 떨어지면서 국어사전 속의 깨알 같은 단어 찾기가 어려워지고 있다. 돋보기를 끼고서도 가물거려 잘 보이질 않는데 낱말 옆에 네모 안의 글자들은 더 작다. 거기다가 괄호 속의 영어 단어는 아예 보이질 않는다.

이번에도 낱말을 찾아다니다 보니, [명. 의. 대. 수. 자. 타. 형. 관.

부. 감. 조. 준. 관용] 등의 글자가 점 같이 박혀 있다. '가뜩이나 얇은 종이에 복잡하고 비좁은 책 안에 조악한 글자 옆구리에 그런 글자들을 왜 덧붙여 늘어놓았을까' 하고 한때는 의문스럽기만 했었다. 그런데 독서삼매경에 빠지면서부터 꼭 필요한 표기법이라는 걸 알게 되었다.

명사, 의존명사, 대명사, 수사, 자동사, 타동사, 형용사, 관용사, 부사, 감탄사, 조사, 준말, 관용어 등이.

새 국어사전을 처음 구입했을 당시엔, 책 옆구리에 ㄱㄴㄷㄹ로 페이지를 열기 쉽게 검정색이 선명했으나 세월이 감에 따라 ㄱ의 표시는 ㄴ에 가 있고, ㄴ은 ㄷ에, 한 칸씩 물러나 흐릿하게 표시되어 있다. 사전의 부피 또한 너덜너덜하니 종이가 피어서 2배가 넘게 두툼해졌다. 이 남루한 사전을 활자가 큰 것으로 개비할 때가 된 것 같다.

누가 즐겨 읽는 책이 무슨 책이냐고 묻는다면 단연코 국어사전이라고 자신 있게 말할 수 있다. 사전 속에는 내가 궁금해 하는 모든 것들이 들어 있다.

말을 글자로 적을 때에 지켜야 하는 일정한 규칙의 맞춤법의 설명도 들어 있다. 교육적, 문화적인 편의를 위하여 한 나라의 표준이 되게 정할 말인 표준어 규정도 설명해 주고 있다.

문장의 뜻을 돕거나 알아보기 쉽게 하기 위하여 쓰이는 여러 가지 문장부호와 중국어로 표기하는 중국 고유의 문자, 표의적(表意的) 음절 문자로 우리나라와 일본에서 널리 쓰이는 한자도 들어 있다.

민중의 지혜가 응축되어 널리 구전되는 민간 격언도 모두 모여 있다. 속담만 골라 읽는 재미가 쏠쏠하다.

어떠한 불후의 명작보다도 재미있는 지식의 오솔길을 거니노라면 시간가는 줄 모르게 빠져 있는 나를 발견하게 된다.

어떤 생각이나 사실을 글이나 그림으로 표현해 종이로 꿰매어 만든 물건을 통틀어 책이라고 한다. 늘 원고지 옆에― 머리맡에 놓고서 하나의 낱말을 찾노라면 여러 지식이 떼로 몰려온다.

본딧말과 준말, 비슷한말, 큰말, 작은말, 센말, 거센말, 여린말, 높임말, 예사말, 낮춤말, 변한말들까지 만날 수 있다.

'새 국어사전' 만큼 유명한 작품집은 없는 것 같다…….

내 글도 그와같이 정교하고 세밀하게 표현하여야겠다.

그래서 문장이 마땅히 갖추어야 할 세 가지 요건인, 보기 쉽고, 읽기 쉽고, 알기 쉽게 '문장삼이'가 갖춰진 깔끔한 글을 써 보고 싶다.

4. 거리의 하얀 핀

시내 거리를 뒤흔들고 희희낙락하는
피 붉은 젊은 처녀들
정수리에 하얀 핀 하얀 머리띠
올해는 유별나게 상주가 많구나
맘에 상처받은 슬픔들이
거리의 행진처럼,
한참 걷다 보니 또 보인다
올해의 유행이라나?
어머니 여의고 머리에 꼽는 슬픈 리본을
유행이라니…….
가슴이 허해지는 오후다.

연기와도 같은 김이 모락모락 피어오르기 시작하면
이때부터 바로 물의 퍼포먼스가 시작된다.
안개가 걷히면서 물에 젖은 나뭇가지들은,
얼른 오르지 않는 아침 기온에
성애가 생기면서 하얀 눈을 뒤집어쓴 듯
이내 흰 꽃을 피운다.

안개가 연출하는 예술

　어떤 일정한 재료와 양식, 기교 등에 의하여 미를 창조하고 표현하는 인간의 활동을 예술이라고 한다.

　이 겨울, 강원도 춘천에서는 지금 사람이 아닌 안개가 예술을 창조해 내고 있다. 물론 안개 혼자만의 힘은 아니다. 나무와 햇빛이 어우러져 하나의 작품을 만들어 내고 있다. 힘을 실어주는 바람도 있다.

　멀리 가지 않더라도 날씨가 추운 이른 아침에 안개 자욱한 냇가나 호수에 나가 보면 감탄사가 절로 나오리라.

　해넘이가 시작되고 땅거미가 내린 드넓은 강물가엔 서풍이 왔다 갔다 하는 한기로 인해 밟으면 깨어지는 얇은 얼음판, 또는 10미리 미터의 두터운 얼음유리 바닥을 만들기도 한다.

아침 해돋이가 시작되면 추위에 바짝 얼어붙었던 얼음들은 몸을 녹이느라 사분거리기 시작한다.

공기 속의 수증기가 엉켜 작은 물방울이 되어 지표 가까이에 연기처럼 보이기도 하고 가느다란 이슬비가 오는 것 같기도 하다. 강가의 벌거벗은 나무들은 분무기로 물을 뿌리는 듯 오는 실비를 온몸으로 맞으며 환상적인 분위기를 연출한다.

연기와도 같은 김이 모락모락 피어오르기 시작하면 이때부터 바로 물의 퍼포먼스가 시작된다. 안개가 걷히면서 물에 젖은 나뭇가지들은, 얼른 오르지 않는 아침 기온에 성애가 생기면서 하얀 눈을 뒤집어 쓴 듯 이내 흰 꽃을 피운다. 물, 안개, 나무, 햇살들은 훌륭한 재료가 되어 '상고대'를 추운 아침마다 만들어 내고 있다. 나무나 풀에 눈같이 내리는 서리는 '강호연파'를 있는 그대로 만들어 놓는다. 이렇게 하여 물의 연출가는 대본이 없이도, 배우 없이도, 자연의 무대 위에, 햇빛을 조명삼아 하나의 훌륭한 예술작품을 만들어 내고 있다.

이 겨울 안개비가 내리는 춘천의 강가에서는 각처를 방랑하는 '강호가'들을 유혹하고 있다.

녹색 꿈을 꾸는 호박

지난 가을 시골 사는 먼 친척이 늙은 호박 한 덩이를 선물로 가져왔다. 작은 방에 그대로 있어서, 찹쌀가루 남겨둔 것이 생각나 죽을 쑤어볼 요량으로 몸통을 이리저리 굴려 살폈다. 겨울 동안 썩지는 않았을까 걱정이 되었다. 골이 진 곳에 허연 분이 퍼져 있지만 겉모양이나 빛깔로 보아 그대로인 것 같다. 하지만 배꼽 부분에서 손길이 멈췄다. 짓무른 듯한 상처가 만져졌다. 물엿 같은 물방울이 서너 군데 맺혀 있어 손톱으로 눌러 보니 물컹한 느낌이 손끝에 와 닿는다.

행주질을 말끔히 하여 칼로 반을 쭉 갈라 보았다. 맛깔스런 노란색과 단 냄새가 온 부엌에 은은하게 풍겼다. 거뭇한 곳에 생각보다 속

자연계와 마찬가지로
우리네 삶도 평이하지만은 않은 법이어서
더러는 극한상황에 놓일 때가 있다.
암흑 같은 나락으로 떨어지는 듯하다가도
다시 일어서곤 한다.
우리는 그처럼 무섭도록 아름다운 인내의 과정까지도
모두 다 진실한 삶의 모습으로 인정해야 한다.
봄은 굳이 말로 하지 않아도 그저 마음 속으로
느끼고 바라보는 것만으로 신비롭기만 하다.

멍이 많이 번져 있다. 씨를 긁어내어 신문지에 펼쳐 널었다. 혹 다시 호박이 되어 만날 수 있을지도 모를 일이기에…….

순간 움직이던 손이 움찔했다. 많은 씨 중에 두 개가 허연색의 싹이 되어 머리를 오그리고 있다. 껑충한 키에 뿌리까지 길게 나 있다. 신생아를 받아내는 산파처럼 조신하게 싹을 꺼냈다.

호박의 생명력에 경건하고 숙연한 마음이 든다. 어리디 어린 싹은 손도 대지 못할 만치 가냘펐다.

호박이 속앓이를 하고 있을 때 배꼽을 통하여 바깥 공기가 왕래를 하고, 씨앗은 날숨을 쉬며 방 안의 온기를 빌어 본능적으로 성장을 시도했나 보다.

호박 속의 축축한 습기와 바늘구멍만한 틈새로 넘나드는 바람을 흡입하며 허리조차 바로 펄 수 없는 공간에서도 힘을 다해 햇빛을 원했으리라. 소우주 속에서 몸을 일으켜 발돋움을 시도한 부단함이 보인다. 어두운 구석방에서 때를 알고 기지개를 켠 그 작은 섭리를 어찌 신비롭지 않다 할 수 있을까.

별안간 부신 빛에 알몸이 된 어린 싹은 살아갈 기미가 보이지 않았다. 어린 싹의 파란 꿈을 파헤친 나의 손이 미웠으리라.

좀 늦은 감은 있으나 받아낸 씨들을 넓은 화분에 살짝 묻어주었다. 며칠 후 하얀 깍지의 모자를 쓴 떡잎들이 당당히 열 지어 올라왔다.

나의 게으른 배려를 골내지 않고 신명나게 자라는 고것들이 당차 보인다.

호박은 비교적 비옥한 땅이 아니더라도, 손이 자주 가지 않아도 잘 자란다. 아무렇게나 씨앗을 내다 버리다시피 해도 제 혼자 힘으로 자라는 걸 볼라치면 나약한 사람이 본받을만한 교훈이 된다. 그래 그런지 호박은 많은 문학작품 속에 등장하기도 한다. 호박예찬이 나올 만하다.

이런 자연계와 마찬가지로 우리네 삶도 평이하지만은 않은 법이어서 더러는 극한상황에 놓일 때가 있다. 암흑 같은 나락으로 떨어지는 듯하다가도 다시 일어서곤 한다. 우리는 그처럼 무섭도록 아름다운 인내의 과정까지도 모두 다 진실한 삶의 모습으로 인정해야 한다. 봄은 굳이 말로 하지 않아도 그저 마음 속으로 느끼고 바라보는 것만으로 신비롭기만 하다.

'어둠에 휩싸일수록 작은 빛을 찾아라' 하는 김대규님의 시 한 구절이 스친다.

세 번 꽃피는 나무

꽃의 계절은 가 버리고 초록의 잎들이 자리를 잡아가기 시작한다. 뜨거운 여름날 연록색에 덧칠을 할 즈음 꽃을 피우는 나무가 있다.

삼복의 경황 중에도 초롱하고 현란한 빛으로, 초복에 한번, 중복에 한번, 마지막으로 말복에 또 한번. 꽃은 세 번의 열매를 약속하는 것이다.

주택으로 이사 오던 해 손바닥만한 공간의 마당에 기념수로 심은, 어리디 어린 대추나무가 근 칠 년의 세월 속에 제법 어른 티를 내며 해마다 제 구실을 다하는 편이다.

가지마다 조잘조잘 매달리는 열매는 해를 더해 갈수록 숫자도 많아

연약한 풀 한 포기,
하찮은 풀벌레,
보아주는 이 없는 들꽃들도 아무런 인연 없이
태어난 것은 한 가지도 없다.
바람 속에서도 공기 속에서도
우리가 배울 것들은 주위에 널려 있다.
좀 더 여유로운 자세로 자연의 삶을 닮아가고 싶다.

지거니와 굵기도 대추 축에 들 정도여서 울 안에서 지켜보는 우리 가족은 물론, 오가는 이웃들도 부러움을 표한다.

소출이래야 큰 바가지로 하나 정도이지만 그 흐뭇함은 두어 말이 넘는 것 같다. 둘레 몇 집과 나누고 나면 실상 우리에게 오는 건 한 대접에 불과하다. 나무에 달려 있는 동안 흐뭇함을 맛보았기에 조금의 입가심으로도 배가 불러온다.

콩 반쪽이라도 나누어 먹어야 사람의 도리라고 이르시던 부모님의 가르침이 이만큼 살아와서야 실천으로 행해지고 있다.

외출해서 시내 거리를 오가노라면 많은 신호등을 접하게 된다. 푸른 신호등을 건너갈 때 유심히 살펴보면 거반 뛰다시피 하는 사람들이 의외로 많은 것을 본다. 아직 빨간 불이 바뀔 몇 초의 여유가 남아 있는데도 무엇에 그리 쫓기는지 교차지점에서 사력을 다해 뛰는 습성이 몸에 배어 있다.

이렇듯 보이지 않는 일에 쫓기는 현대인을 보노라면 우리 집 마당의 대추나무는 늘 여유가 있다.

타원형의 둥그런 풋대추는 서서히 올라가기 시작하는 햇빛을 온몸으로 빨아들이며 붉은 빛깔의 대추가 되기까지를 무던히 참고 견디어

낸다.

조금이라도 덥지 않으려고 안간힘을 쓰는 사람들에 비하면 땅 속에 제 발을 묻고 붙박이가 되어 움직일 수 없는 조건에도 의연히 참아내며 참 더위를 이겨낸다. 불을 들어붓는 듯한 여름을 훌훌 떠나보내고 대추는 입추의 문턱을 넘어선다. 언제 괴롭기나 했느냐는 얼굴로 가지가 꺾일 정도의 열매를 매달고 있을 뿐이다.

연약한 풀 한 포기, 하찮은 풀벌레, 보아주는 이 없는 들꽃들도 아무런 인연 없이 태어난 것은 한 가지도 없다.

바람 속에서도 공기 속에서도 우리가 배울 것들은 주위에 널려 있다. 좀 더 여유로운 자세로 자연의 삶을 닮아가고 싶다.

올 가을도 단계적으로 세 번의 수확을 안겨줄 통통한 대추처럼…….

하얀 이야기

우리가 다시 만나던 4월 봄 산은 초록으로 무르익어 가고 있었다.

서울의 수색동 나지막한 산에서 천렵이 시작되었다. 풍로에 숯불을 피우고 고기를 굽기 시작했다. 한쪽에서는 과일을 깎아 은박접시에 펴 담았다. 마치 30년 전에 자주 했던 것처럼 자연스럽고 익숙하게.

남편친구 내외와 우리 부부는 잃어 버렸던 혈육이라도 만난 듯이 온 산을 들썩이게 얘기에 빠져들었다.

우리 아이들 나이 겨우 네 살과 두 살 때 직장동료로 만났다. 아침에는 걸어서 출판사로 나란히 출근하고, 저녁에는 거의 같은 시간에 퇴근을 했다. 같은 부서라서.

비록 호화로운 양식집은 아니어도
남편들의 취향에 맞는 허름한 변두리 식당이
소박하니 정겹다.
추억 하나 더 만들었다.
다시 기다려진다. 12월이!
언제나 그래 왔던 것처럼
연말에는 제일 먼저 만나서 송년회를 갖자고 약속했다.

단출하게 신혼생활을 시작한 것과 고향이 같은 서울인 것까지 남편과 너무 비슷했다. 아버지를 일찍 여의고 어머니를 보필하여 동생들을 보살핀, 생활의 주체로 살아온 환경이며 성격까지도 비슷한 동갑내기다. 우리와 조금 다른 것이 있다면 은명이네가 결혼생활을 늦게 시작했다.

아래윗집에 셋방살이를 하면서 여자들은 점심 정도는 밥그릇을 들고 다니며 늘 같이 먹곤 했다.

그렇게 흉허물 없이 지내다가 남편이 이직을 하면서 길이 엇갈리기 시작했다. 속마음으론 궁금해 하면서도 서로가, 참으로 가파른 시간을 달려왔다. 친구를 찾는 일조차도 잊고 살만큼…….

강산이 세 번쯤 바뀌고야 수소문을 했다.

다행히도 파주 출판단지로 옮겨간 전에 직장 상사가 아직도 근무하고 있었기에 남편친구를 찾아내는 일이 가능했다.

심성 고운 그들은 어려운 역경 속에서도 착하게 살아온 흔적이 외모에서 풍겼다. 딸과 아들을 낳아서 곱게 길러냈다.

그렇게 긴 세월의 하얀 얘기들을 시간가는 줄 모르고 나눴다.

주로 추운 단독주택에 세 들어가 살면서 고생했던 이야기며, 신혼 초에 기반 없이 살림을 시작했던 구차한 얘기가 주를 이뤘다.

남편들이 초겨울이면 직장에서 집에 들어오지 못했던 적이 많았다. 교과서를 출판하는 회사여서, 대학입학 시험문제가 출제되는 기간이면 기밀이 누설될까 봐서도 그랬고 밤샘근무를 해야 하기에 며칠씩 퇴근을 못했다.

일요일이면 아이들을 줄줄이 데리고 등산 다니던 일이 모두 어제 일처럼 생생하다.

우리가 4년 먼저 결혼했다는 이유로 은명이네를 챙기곤 했다. 언제나 친구 이상으로 그들 부부가 사랑스럽다.

천렵을 끝내고 마지막 코스인 노래방으로 들어갔다. 화곡동에서, 비둘기처럼 다정하게 살고 있는 직장 후배 내외도 불러들여 노래방으로 밀물처럼 밀려 들어갔다. 흘러간 세월을 노래로 풀어냈다. 노래방을 모르고 살아온 7080세대들은 마이크 시설이 좋은 노래방에서 '청춘을 돌려 달라' 고 악을 팼다. 그간 만나지 못하고 살았던 시간들을 보상이라도 받으려는 듯 길게 이어졌다.

3차로 옛 선술집 같은 감자탕 집에 들어가 냄비를 에워싸고 빙 둘러 앉아 낭만을 토로했다. 신혼 시절 월급날만 되면 선술집으로 튀던 남편들을 찾아다녔던 기억이 쓴웃음 속에 스쳐 옛 생각이 깊은 늪으로 젖어들었다. 비록 호화로운 양식집은 아니어도 남편들의 취향에 맞는 허름한 변두리 식당이 소박하니 정겹다. 추억 하나 더 만들었다.

다시 기다려진다. 12월이!

언제나 그래 왔던 것처럼 연말에는 제일 먼저 만나서 송년회를 갖자고 약속했다.

가족은 서로 다른 일을 하지만
생각이 같은 방향에 있어야 한다.
식구들이 어긋나지 않는 행동을 할 때
작은 행복을 비축할 수 있게 된다.
비로소 튼실한 '행복주식회사' 가 이루어지는 것이다.

행복주식회사

아들이 가족에게 소개하겠다고 여자친구를 데리고 왔다.

아담한 양식집에서 저녁식사를 했다. 식사 도중에 아들의 친구에게 이례적으로 서너 가지를 물어 보는 것으로 궁금증이 좀 풀렸다. 우리 가족은 사위만 빼고는 과묵한 편이어서 담소의 맥이 자꾸 끊겼다. 가뜩이나 서먹해 하는데 첫인사 하러 온 사람에게, 형사처럼 이것저것 취조하듯 묻기가 그랬다.

차를 마시는 시간에 아들은 우리 부부에게 궁금한 거 있으면 더 물어 보라고 채근했다. 다음 기회로 미루고 어색한 시간을 끝냈다.

예비 며느리는 몇 번인가 집으로 놀러오곤 했다. 그럴 때마다 주스나 과일을 주고는 놀다가라는 말만 했다. 달리 별말이 필요치 않았다.

어느 날인가 여자 친구는 우리 부부가 자기가 맘에 들지 않는가 보라며 의기소침해서 집으로 돌아갔다고, 아들이 말했다.

실은, 만나면 만날수록 정이 들어가고 있었다. 다만 상대방 면전에 대고 간지러운 말을 하지 않았을 뿐이다. 내심 나에게 많은 칭찬을 받고 싶었던 모양이다. 그렇더라도 그 당장 '네가 맘에 들어' 하고 말하기가 그랬다.

그 사람에 대해 다 알지 못하면서 사탕발림 같은 말을 할 수가 없었다.

사위가 처음 집으로 인사하러 왔을 때도 별반 다르지 않았다. 역시나 그때도 영 낯설었다. 새로운 사람을 만나는 일에 적응이 잘 안 되기는 오래도 지속되었다.

다른 사람도 아니고 사윗감이나 며느릿감을 간택하는 일인데…….

다행히도 사위는 싹싹한 성격의 소유자다. 모든 조건이 맘에 딱 들지는 않았지만, 딸이 선택했으니 나도 따라야만 했다.

한때는 직장에서 받는 연봉이 너무 약해서 선뜻 달가워하지 않았다.

그러나 곧 나의 욕심이 과했다는 걸 반성하고는 모든 악조건까지도 사랑하기로 맘을 돌렸다. 그때부터 맘이 편해지기 시작했다.

사위는 우리 아들과 딸이 갖고 있지 않은 또 다른 인간미가 있었다.

집안 분위기가 바뀌어 한결 부드러워졌다.

딸이 시집을 간 것이 아니라 사위를 얻었다는 착각을 자주했다.

남편은 여행을 싫어한다. 내 쪽에서 서둘러서 겨우 다녀온 곳이 제주도 여행이다.

하지만 사위가 생기면서부터 국내 여행을 많이 했다. 가족이 모두 함께 다녔다.

꽃피는 4월이나 단풍의 계절 10월이 되면 불국사, 설악산, 진해, 단양, 여수, 부여 등 웬만한 곳은 다 다녔다. 사위는 장거리 운전을 하면서도 얼굴 한번 찡그리는 법 없이 목적지에 도착하면 먼저 내려 차 문을 열고 닫아주는 일을 잊지 않았다. 그 뿐인가 인터넷여행정보를 준비하여 하루 전에 내 손에 쥐어준다. 미리 숙지하고 가니 여행의 즐거움이 배가 되었다.

일요일이면, 음식을 맛있게 하는 맛집을 알아두었다가 길라잡이가 되어주고, 딸네가 한번 사면 다음에는 우리가 사곤 한다.

우리는 너무 뭉쳐서 탈이다. 예비 며느리까지 합세하니 승용차로

정원 초과를 가끔 하고 있다.

힘들이지 않고 거저로 아들과 딸 하나씩을 얻은 셈이다.

아들과 사위가 대기업에서 억대의 연봉을 받지 못하더라도, 건강하게 직장생활을 하는 것으로 충분히 행복하다.

행복은 가족이 모두 건강하고 자기의 본분을 다할 때 비로소 이루어지는 것이다.

가족은 서로 다른 일을 하지만 생각이 같은 방향에 있어야 한다. 식구들이 어긋나지 않는 행동을 할 때 작은 행복을 비축할 수 있게 된다.

비로소 튼실한 '행복주식회사' 가 이루어지는 것이다.

플라스틱

   플라스틱으로 만든 제품들은 무엇보다 가볍고 잘 깨지지 않아서 좋다.

   색상 또한 얼마나 다양하고 고운가. 사용 후엔 수세미에 세제를 묻혀 닦으면 언제나 새것 같이 산뜻하다. 그런데 그 편리한 제품 속에 생명을 좀먹는 물질이 들어 앉아 있는 줄 왜 몰랐던가.

   냉온수기 위에 엎혀 있는 생수가 마시기 싫어졌다. 생수통에서 흘러 나왔을 유해물질을 생각하니 수돗물보다 더 역해진다.

   일전에 방송매체에서 환경호르몬에 대해 밀도 있는 취재 보도를 했다. 사례들 중에는 미숙아가 많이 태어나고, 어린 아이들이 아토피

생활에 편리하고 값이 저렴한
생활도자기가 많이 보급되었으면 한다.
현대를 살아가는 우리들은 불편하다는
이유 하나로 몸에 이로운 것은 밀어내고,
또다시 건강에 좋다는 별의별 것들을
찾아 헤매고 있지는 않은지 생각해 볼 일이다.

에 시달리고 있다. 여성들이 심한 생리통으로 고생하는 원인들이 모두 환경호르몬으로 밝혀졌다.

우리들이 아침저녁으로 음식을 담아먹는 그릇들은 거의 도자기 종류다. 하지만 남은 반찬을 보관하는 용기는 어떤 용기들인가. 엎어도 틈이 없어 국물이 새지 않고 뚜껑이 꼭 맞아서 외부의 공기가 차단되는 밀폐용기를 사용하고 있다. 밀폐용기가 처음 우리 곁으로 다가왔을 때 당연히 역한 냄새를 의심했다. 하지만 시간이 흘러감에 따라 다루기가 편리하고 무게가 가벼우니 지금은 아무렇지 않게 사용하고 있다. 그래 그런지 플라스틱 용기들이 나날이 새로운 제품으로 발전하여 우리 앞에 완전한 자리를 잡고 있다. 반찬을 보관하는 용기 말고도 헤아릴 수 없이 많다.

우리 집 부엌에도 쌀 씻는 바가지가 그렇고, 한때는 칼도마의 재질도 폴리에틸렌으로 된 것을 사용했었다. 배달해 오는 생수통도 큰 플라스틱 물통이다.

탄산음료수를 사다 마신 공병들도 예외가 아니다. 그리고는 다시 그 병들을 모아 두었다가 약수터에 가서 몸에 좋다는 약수 물을 받아다 마시곤 했다.

약수터에 세워놓은 팻말은 얼마나 자세히 들여다보았던가. '적합'

이라는 검인이 있는지 없는지를. 아무리 신선한 생수를 받아 온들 무슨 소용이 있으랴.

용기에서 흘러나오고 있는 그 무시무시한 살인의 화학물질을 아무 의심 없이 마시면서 살아오고 있었다.

마트에서 구입해 온 간장과 된장, 식용유들이 담겨 있는 용기들도 안전하지가 않다는 결론이다.

무엇보다 그 비중이 큰 것은 아무래도 김치통일 것이다. 옹기 항아리에 직접 넣을 수만 있다면 좋으련만…….

고 신통한 김치냉장고가 우리 앞에 나타나면서 많이 흥분했었다. 어쩔 수 없이 또 그 많은 양의 김치를 플라스틱 용기에 보관하면서 꺼내먹고 있다. 더러는 황토를 가미해서 만들었다고 피알하는 업체도 있다.

이번에는 욕실에 들어가 보았다. 아침저녁 사용하는 칫솔이 그렇고 양치질하는 컵도 예외가 아니다.

방송매체에서 취재한 내용 중에는 식기제품들을 모두 도자기나 유리그릇으로 바꿔 사용한 1개월 후부터 심한 생리통 증세가 사라졌다고 한다. 겨우 30일만 삼가 해도 그리 좋아지는데, 무감각하게 평생을 사용한다면 상상만 해도 무섭다.

불편하다고 내몰았던 투박한 김치항아리와 장항아리들을 다시 모셔 와야 할 것 같다. 다만 김치 저장 통들은 기존의 둥글고 큰 모양을 한 항아리가 아니라 직사각형의 모양으로 거듭나야 하리라. 더 욕심을 낸다면 뚜껑도 옹기 만드는 재질이었으면 한다. 살림을 책임지고 있는 주부들의 어깨가 더 무거워지더라도.

생활에 편리하고 값이 저렴한 생활도자기가 많이 보급되었으면 한다.

현대를 살아가는 우리들은 불편하다는 이유 하나로 몸에 이로운 것은 밀어내고, 또다시 건강에 좋다는 별의별 것들을 찾아 헤매고 있지는 않은지 생각해 볼 일이다.

환경오염— 우리가 마시는 공기도, 농산물을 심어 먹는 땅도, 하루도 마시지 않고는 살 수 없는 중요한 식수도 어느 하나 맘놓고 마시고 먹을 수가 없게 되었다. 더구나 생활 용기들마저 건강을 위협하고 있으니.

플라스틱! 그 편리하고 고운 빛깔 속에는 환경호르몬이 포함되어 있어서 사뭇 조심스럽기만 하다.

자연의 순리를 막을 수 있는 장사는 없다.
자연은 정직한 학생이다.
기상대의 일기예보는 자신감을 잃은 듯하다.
'사월은 잔인한 달' 이라고 노래한 엘리어트도,
이제 삼월로 바꿔 불러야 할 것 같다.

잔인한 삼월

사월은 바람난 처녀처럼 마냥 들떠 있다. 사월은 무엇이든 일으켜 세우는 마력이 있다.

죽은 듯이 서 있던 나뭇가지에서 잎보다 꽃눈이 먼저 부푼다. 피폐한 겨울 터널에서 곤하게 잠자던 식물들을 깨우는 이는 바람이다. 요즘 날씨는 변덕맞은 시어머니 같다. 이제 봄이 왔구나 하고 투박한 옷을 하나씩 벗고 나면, 어느 날은 초가을 날씨같이 맵살 맞다. 장롱 속의 옷들이 뒤스럭을 떨고 있다.

사월 첫 주 징검다리 휴일에 제주도로 벚꽃놀이 떠난 친구가 볼멘소리를 하며 돌아왔다. 벚꽃은 꼴도 못보고 무성한 잎만 보았노라고.

지금 제주도에선 잔인한 사월의 푸념이 무성하다.

엘리뇨 현상으로 지구가 더워지며 미열에 몸살이 났다. 우리는 자연을 아끼는 맘보다, 문명을 앞세워 혹사시켰다. 우리 모두는 공범이다.

제주도에선 벚꽃축제일을 맞추느라 나무에 얼음찜질을 하고 있다. 얼음덩이를 두꺼운 천으로 싸서 더운 방으로 들어간다고 녹지 않을까.

자연의 순리를 막을 수 있는 장사는 없다. 자연은 정직한 학생이다. 기상대의 일기예보는 자신감을 잃은 듯하다.

'사월은 잔인한 달'이라고 노래한 엘리어트도, 이제 삼월로 바꿔 불러야 할 것 같다.

축제기간을 비켜가지 못하는 봄비, 봄비는 아무리 참한 비라도 꽃잎들을 그날로 사람의 눈에서 떼어놓는다.

봄을 들썩이는 바람은 환상이지만, 황사바람은 영 아니다.

황사바람은 중국 미녀도 알아보지 못한다. 수건으로 얼굴을 감싸고 황사바람을 피해 가면, 낙타도 웃을 만큼 추녀로 만들고 만다. 모래바람은 넓은 대지를 뒤흔들고도 모자라 한반도까지 달려와 삼월을 짓밟는다.

5. 목련

깊이 잠자던 목련나무 눈 부비며 일어나
겨울 아픔 잊은 듯 얼굴에 화색이 돈다

잎은 꽃더러 먼저 봄을 맞으라 한다

자비의 계절 음력 사월, 부처님 오는 길목엔
날마다 대낮이다

조상님 오시는 길목엔 하얀 등을
자손들의 축복을 비는 길목엔 자색 등을
가지가 휘청이도록 밝히고 서 있다

목련나무 아래에 서면 누구라도 득도 한다
목련나무 아래에 서면 누구라도 자애롭다.

고칠 수 없는 병은 없다.
자신의 마음 의지가 얼마나 굳으냐에 따라서 비법은 있다.
재미없는 일상생활도 즐길 줄 알아야 한다.
불필요한 일에 마음을 쓰는 것은
시간만 낭비할 뿐이니까.

네모난 세상 동그란 마음

우리는 살아가면서 좋은 일보다 언짢은 일이 더 많다. 그럴 때 가장 먼저 반응을 일으키는 신체부위는 어디일까. 아무래도 가슴에 경련이 일면서 목소리가 격해지고 끝내는 낯빛을 바꾸게 된다. 얼굴빛을 벌겋게 하여 상대방에게 불편한 심중을 드러내게 된다.

오죽하면, '얼굴색이 변하는 것은 최악의 질병' 이라고 히포크라테스는 말했을까.

사람이 자기감정에 충실한 것은 본능이라 하지만, 좀 언짢다고 노골적으로 얼굴빛을 바꿔서야 되겠는가. 그러노라면 당사자의 심중에는 얼마나 많은 독을 품어야 할까. 항간에는 화를 내도 나쁘고 화를 참아도 나쁘다고 한다.

아직 세상 이치를 터득하지 못한 젊은이나 선천적으로 다혈질적인 사람은 미미한 일에도 감정이 폭발한다.

말끝마다 시비를 거는 친구가 있다. 말을 섞지 말아야지 하면서도 잘 되질 않는다. 세상일에 민감한 반응을 보이는가 하면 부정적인 감정이 가슴 가득한 것을 읽을 수 있다. 아무래도 신경정신과에 내원하여 상담을 받아 보라고 하고 싶지만 반응이 좋지 않을 것 같아 기회만 보고 있는 중이다.

시댁과의 갈등이 원인인 것 같다. 그 친구의 감정은 수시로 변한다. 어느 날은 아주 친절했다가도 어느 날은 공격적으로 싸움닭처럼 돌변한다. 감정의 기복이 심하다. 또한 만성적인 공허감을 보이기도 한다. 불안정한 대인관계와 자기 정체성의 문제로 인해 충동적인 행동을 보이기도 한다. 그런가 하면 밤을 꼴딱 새우기도 하고 낮잠을 며칠씩 자기도 한다고 실토한다. 무엇이 그 친구를 그렇게 만들었을까. 단순히 시댁과의 불협화음 때문만은 아닌 듯하다.

일조량이 부족한 장마철엔 멜라토닌이 증가해 기분이 더 우울해지나 보다. 그런 날이면 영락없이 내게 전화를 걸어 시시콜콜한 일상사들을 보고한다. 그럴 때마다 나는 본의 아니게 인생 상담자가 되어 친구의 영혼 치료사라도 된 듯, 삐딱한 마음을 잡아주려고 애를 써 본다.

스트레스와 현대생활은 뗄 수 없는 사이가 되어가고 있다. 신경증 환자의 수는 알게 모르게 늘어나고 있다. 자살하는 사람들, 치매환자들이 많아지고 있으니. 마음이 약한 사람일수록 그런 늪에 빠지기 쉬운 것 같다. 이 모두가 현대를 살아내야 하는 마음의 병이다.

신체부위가 고장이 나면 외과적 수술을 하여 고칠 수 있지만 마음을 다치면 치료기간도 오래 걸리거니와 치료법도 애매모호하다.

설령 화나는 일이 있어도 그 일을 끌어안고 오랜 시간을 허비하는 일이 없어야겠다. 사람을 미워하는 앙금이 쌓이면 응어리가 굳어 버리기 때문에. 스트레스는 만병의 근원인 동시에, 적당한 스트레스는 삶의 활력소도 될 수 있다고 하니 잘 구슬러서 친구처럼 만드는 수밖에 없겠다.

어리석은 나도 한때는 '울혈증' 을 끌어안고 살았던 기억이 가슴 저편에 남아 있다. 성격이 어눌해서 또는 느려서 하찮은 말에도 상처를 받으며 살아왔다. 그것도 자주 맞닥뜨리는 가족이나 친척들로부터였다.

지금 생각하니 표현력이 턱없이 부족한 탓이었다. 악의 없이 상대방을 대해도 의사전달이 못 미치면 허사다. 진실은 더디도 드러나는

가 보다.

어느 때부턴가 마음을 다부지게 무장을 하고 내게 못질을 하는 사람들에게 적절한 맞대응을 하여 스트레스받지 않는 법을 터득했다.

요즘은 칭찬화법을 자주 쓴다. 당연히 좋은 화답이 부메랑 되어 돌아오곤 한다. 세월은 고마운 존재다. 웬만한 신경 가는 말을 해도 내 귀는 자꾸 순해지고 있으니. 친구나 친척들이 좀 거친 말을 해도 화가 나지 않으니 아이러니컬하다.

고칠 수 없는 병은 없다. 자신의 마음 의지가 얼마나 굳으냐에 따라서 비법은 있다. 재미없는 일상생활도 즐길 줄 알아야 한다. 불필요한 일에 마음을 쓰는 것은 시간만 낭비할 뿐이니까.

다른 사람의 행복보다 내 행복이 크다는 확신을 가져 본다.

자신에게 늘 최면을 걸어야 한다.

'나는 무슨 일이든 할 수 있다' 고.

자잘한 신경 가는 일을 미리 걱정하며 살 필요는 없다.

또한 다른 사람의 아픈 마음도 헤아려 줄줄 알아야 하겠다.

네모난 세상을 동그랗게 볼 줄 알아야겠다.

영악한 사람들 틈에 서 있는 우리 아이들에게 넌지시 일러준다.

"사나우면 적이 많고, 너무 순하면 짓밟힌다" 고.

고아한 자연정원

제주도 여행을 하려면 아무래도 봄이 제격이리라. 몇 해 전에 처음으로 갔던 제주도의 봄은 아직도 환상적이고 이국적이었던 기억으로 남아 있다.

제주도는 이미 교과서에서 배웠던 바로 바람, 돌, 여자가 많기로 이름난 섬이다.

바다를 생활터전으로 삼고 사는 제주도 사람들에게, 바람은 두려움의 대상이면서 극복해야 할 막강한 상대이리라. 제주도 바람의 특성은 계절에 따라 변화한다. 제주도는 태풍의 길목이기도 하다. 일본을 경유하는 태풍 대부분이 이 섬을 거쳐서 올라가는 경우가 많다.

검은 돌과 검은 흙
—먹빛과 은빛 갈대의 절묘한 조화,
이 가을 제주도는
고아한 풍치의 자연정원 모습을 하고 있다.

또한 제주도는 작은 돌의 나라다. 검은 괴석들이 지천으로 깔렸다. 돌무더기와 돌로 만든 조형물은 섬사람 생존의 방식을 일깨워 준 셈이다. 그들이 창조한 숱한 돌 문화에서 삶의 지혜와 생활의 이치를 배운다. 제주도의 바위나 돌멩이의 빛깔이, 바로 연상되는 돌하루방이다. 돌조각품인 하루방의 표면에 구멍이 숭숭 나 있어 매끄럽지 못한 생김새와 검은색이 인상적이듯.

또 하나 인상적인 것은 여성들이다. 제주도 여성들은 물과 바다에서 억척스런 삶을 꾸려온 문화의 주체다. 여성들이 빚어낸 삶의 공동체는 문화의 뼈이자 살이다. 그런 강인한 제주 여성상의 표상인 해녀― 해녀의 수가 급격히 줄어들고 고령화되어 가고 있다니 아쉽기만 하다. 거센 파도더미 속을 넘나들며 삶을 헤쳐 온 해녀의 얼굴에서 농촌아낙 이상의 질박함을 읽을 수 있다.

제주도를 내세울만한 풍경이 하나 더 있다. 갈대꽃 무리들이다.

가을의 제주도가 삭막할거라는 상상을 뒤엎는 순간이다. 제주도를 아름답게 장식하는 갈대꽃이 있어서다. 갈대꽃은 굉장히 볼만하다. 가을을 대표하듯 9월부터 피어서 술렁인다. 흙이나 돌이 먹빛이라 해안에 구름이라도 끼면 기분이 삽시간에 우울해지기 쉬운 지역이건만, 갈대꽃이 그 넓은 가을의 제주도를 확 바꿔놓는다. 갈대꽃이 막 피려고 할 때는 수줍음의 상징인 엷은 분홍빛이지만 점점 개화를 하면서 바로 하야말쑥하다. 습지나 냇가에 숲을 이루니, 가는 곳 어디라도 물 웅덩이가 있는 곳은 스스로 갈대밭이다. 여린 꽃들은 바람을 거역하지 않고 손잡는 법을 익히고 있다. 어린 갈대꽃은 가을 햇빛을 빌미로 반짝거린다. 지형적으로 움푹 들어간 분지라서 갈대가 살기 좋은 땅인가 보다. 갓 피어난 갈대꽃은 유리섬유처럼 반지르르 하니 윤이 난다. 자연이 준 식물 중에 가장 연약하면서도 가장 인내력이 있어 보이는 식물이다. 갈대는 쓰임새도 다양하다. 꽃이 지고 난 단단해진 줄기를 노끈으로 엮어 갈대발을 만든다. 꽃술이 여물어 민들레처럼 날아간 후엔 빗자루를 만들기도 한다.

갈대는 해안의 바람이 짓궂으리만치 세차게 몰아치면 더 빨리 몸을 움직여서 자신을 지키고 약하게 불어오면 느릿느릿 주억거린다. 흡사 우리네 인간사와도 같다.

빨대처럼 속이 빈 갈대 줄기들은 곧 꺾일 것 같지만 노끈처럼 질긴 뿌리들이 땅을 부여잡고 있어서 꺾이거나 뽑히는 일이 없다.

코스모스가 화사하고 가녀린 여인이라면, 갈대꽃은 은은하고 분위기 있는 여인이다. 그래서 제주도의 봄은 봄대로 유채꽃이 있어 환하고, 가을은 가을대로 갈대의 군무가 있어 생각에 잠기게 된다.

제주도에서 빼놓을 수 없는 또 하나의 절경! 용머리 해안 쪽에서 발길이 오래도록 머물렀다. 한 마리의 용이 바다를 바라보고 선 모습을 닮아 용머리 해안이라 불린다. 약 180만 년 전에 화산이 폭발해 형성된 응회암층으로 현무암이 균일하게 분포하여 수평층리, 풍화열, 해식동굴 등 절기단매가 223개나 되니 기암절경이 아닐 수 없다.

어림잡아 10층 빌딩 높이만한 바위의 위상은 위엄이 있기까지 하다.

처음 그곳을 대할 때 사뭇 가슴이 설레었다. 바위 사이사이로 사람이 드나들 만큼의 틈새가 신비로워, 바위에 서성이는 관광객들과 하나가 되어 숨바꼭질이라도 한바탕 하고 싶은 동심이 일었다.

해녀들은 마당 같이 너른 바위에 앉아 투박한 손으로 '우렁쉥이' 나 해삼을 손질하여 제주도 말과 뭍의 말을 섞어 손짓하며 일상을 팔고 있다.

4면이 바다로 둘러싸여 있는 제주도는 화산용암이 식어 이루어진 땅이다. 화산이 폭발해 우뚝 솟은 땅이 물 가운데에 자리하여 신비의 섬이 되었다. 땅 속의 마그마가 밖으로 터져나와 퇴적하여 이루어진 땅. 제주도는 신의 저주를 받아 주저앉았다가 벌떡 일어나 축복받은 땅이 되었다.

지금도 많은 육지 사람들은 그렇듯 제주도를 신비롭게 여기며 가

보고 싶어한다. 신들은 제주도 곳곳에 스며들어 그들과 함께 생활해
가고 있다.

검은 돌과 검은 흙―먹빛과 은빛 갈대의 절묘한 조화, 이 가을 제주
도는 고아한 풍치의 자연정원 모습을 하고 있다.

쑥대밭

집을 허문 드넓은 1만여 평에 사람 키 만한 쑥대들이 숲을 이루고 있다.

우리 아파트에서 길 하나를 사이에 두고 있는 재개발지인 저 공터는 무슨 사연이 있어서 저리도 긴 나날을 허사로 보내고 있을까. 인근 주민들의 말에 의하면 땅 매입에 차질이 생겨서라고 한다. 호기심이 발동해 더 자세한 까닭을 알고파서 부동산중개소에 연유를 물었다.

사연인 즉 노후된 불량주택을 새집으로 바꿔 보려고 조합을 만들어 지역재개발을 추진하던 차에 의견 불일치로 차질이 생겼다는 것이다. 살고 있던 주민 100%가 동의를 해야 하는데 유일하게 1가구가 동의

빈집들을 철거하고 포크레인으로
땅을 갈아엎었어도 생명력이 강한 쑥은 올 봄도
우북하게 올라와 있다.
전쟁 때 일본의 히로시마에 원자폭탄이 떨어진 자리에
유일하게 살아남은 식물이 쑥이었다고 한다.
살고 있던 보금자리의 보상을 한 푼이라도 더 받아 보려고
와글거리던 사람들은 떠났고
쑥대들만 모여 '쑥덕' 거리고 있다.

를 하지 않아 아파트를 짓지 못하고 있다는 것이다.

세상 이치가 그러하듯 어떤 일이든지 찬성파와 반대파가 있기 마련이다. 재개발 애기가 나온 지 근 10여 년을 밀고 당기는 시이소 전을 벌였다고 한다.

시행사와 건설사는 의미상으론 같은 일을 하는 것 같지만 알고 보면 다르다. 시행사는 말 그대로 집 지을 땅을 매입해서 건설사에 되파는 중매쟁이 역할을 하는 것인데, 쉽게 말하면 땅을 싸게 사서 이윤을 남기고 부지를 건설회사에 넘기는 것이다. 말이 좋아 시행사지 더러는 날강도 같은 경우도 있다. 이렇듯 자신있게 말할 수 있는 것은 지난 여름에 내가 겪었던 경험이 있어서다.

우리도 게딱지만한 단독주택을 1채 소유하고 있었다. 지은 지 20년 됐지만 집수리를 얼마나 자주했는지 새집 같았다. 다만 흠이 있다면 단열이 잘되지 않아 겨울에 외풍이 세어 연료비가 많이 나가는 게 흠이다. 그간 몇 번인가 리모델링을 해서 매도해 보려고 했던 적도 있었다. 하지만 말 같이 쉽지가 않았다. 더군다나 여러 칸의 방에서 월세 나오는 재미로 쉽게 떠나질 못했던 것이다.

그럴 즈음 그렇게도 평화로운 우리 동네에도 재개발 바람이 불기 시작했다.

조그만 동네에 큰일이 벌어지고 있었다. 몇 년에 한번도 하지 않던 반상회를 자주 개최하며, 통장은 시행사를 불러들였다.

기존 주택을 그냥 매도하는 것보다 재개발을 하는 것이 수익성은 높지만 어떻든 싫었다. 비바람을 막아주는데 아무런 하자가 없는 집이었고, 또한 멀쩡한 집을 부숴 버린다는 것은 국가적으로 손해라는 생각 때문에 쉽게 결정을 내릴 수가 없었다. 하지만 동네사람들이 원하는 일이어서 내 고집만 내세울 수가 없었다.

조합장을 잘못 선출하면 비용도 많이 들뿐더러 일이 잘못되어 어렵게 되는 경우도 보아 왔던 터였다. 살고 있던 보금자리는 유일한 재산이자 목숨과도 같아 더 신중해야 했다.

사업설명회도 제대로 하지 않고 동의서에 사인부터 할 것을 요구하며 서류만 들이밀곤 했다. 애초부터 우리는 임대료를 받아가며 노후 생활을 영위해 나갈 계산이었다. 우리 말고도 반대하는 주민이 있었다. 가정마다 사연도 다르듯 각자의 삶이 다르기에 사정도 달랐다. 그런 줄다리기는 10여 년이 걸렸다.

자꾸 망설이게 하는 것은 천정부지로 오른 집값과, 세입자 보증금과 이사비용을 배상해 주고 나면 아파트 한 채 겨우 장만할 여력이어서 진퇴양난에 빠졌다. 세상 물정에 닳고 닳은 사람들과 맞서 싸울 만큼 나는 영특하지 못했다. 전화통에 불이 나도록 졸라대는 업자들 등살에 더 버틸 수가 없어 마음의 결단을 내리고 업자와 1:1로 만나 매매 계약서를 작성했다.

마음이 착잡했다. 그 집에서 우리는 얼마나 많은 일을 치뤄 냈는지 헤아릴 수가 없이 많다. 좋은 일 궂은 일을 다 겪은 집이다. 아이들이 좋은 점수로 대학을 척하니 들어간 곳도, 내가 문단에 등단을 한 것도, 아들이 취업을 한 곳도 그 집이요. 첫 외손자를 받아낸 곳도 그 집이었다. 반대로 대수술을 받고 신음하던 곳이기도 하고 빚 보증을 잘못 서서 곤란을 겪었던 곳도, 세입자 방에 도둑이 들어 미안했던 일들이 영화의 한 장면처럼 스쳐갔다. 20년 동안 희로애락을 같이한 집이다.

토지승낙서에 인감도장을 찍어주었다. 아이러니하게도 재개발을 추진하던 조합장의 집은 아직도 동그마니 남아 있다. 그렇듯 사납게 덤비는 시행사를 향해 시세의 3배를 요구했다는 후문만이 허문 집터에 굴러다니고 있다.

지금 살고 있는 길 건너편의 쑥대가 우거진 1만평의 공터에서 살던 사람들도 깨알만큼이나 많은 갈등을 하며 집을 비워주었을 것이다. 아직도 동의하지 않고 남아 있는 1가구 때문에 사업승인을 못 받아 건설사는 부도 일보직전에 있다는 소문만 쑥대의 키만큼 무성하다. 빈집들을 철거하고 포크레인으로 땅을 갈아엎었어도 생명력이 강한 쑥은 올 봄도 우북하게 올라와 있다. 전쟁 때 일본의 히로시마에 원자폭탄이 떨어진 자리에 유일하게 살아남은 식물이 쑥이었다고 한다.

살고 있던 보금자리의 보상을 한 푼이라도 더 받아 보려고 와글거리던 사람들은 떠났고 쑥대들만 모여 쑥덕거리고 있다.

설경(雪景)

　해외여행을 할 기회가 주어진다면 스위스엘 가 보고 싶다. 으뜸으로 꼽아 보는 이유는 나름대로의 그리움이 있어서다.

　영상매체를 통해 알고 있는 그곳은 사람들이 생활하는 지반에는 파릇한 풀이 돋아나고 나비가 찾아드는 꽃들이 피어서 가녀린 몸매를 하늘거릴 때에도, 알프스산맥에는 그저도 잔설이 남아 있다. 잔설이라기보다는 산맥을 덮고 있는 얼음이불이 멀리서 보아도 아주 두꺼운 부피로 보인다. 눈 속에서 피어나는 솜꽃은 또 얼마나 신기한가. 눈 속을 헤치고 나와 해맑은 얼굴로 고개를 잘래잘래 흔들며 서 있는 아담한 에델바이스가 끌리게 한다.

이제 눈도 세월 따라 달라지나 보다.
영화 〈러브스토리〉에 나오는 애잔한 장면의
로맨틱한 얘기는 물 건너간 것 같아 아쉽기만 하다.
감성이 풍부하던 꿈 많은 시절에는
눈발이 날리면 그냥 좋기만 했지만,
요즘엔 아침에 내리는 눈은 공포의 눈이다.

우리나라에서도 가끔 볼 수 있는 풍경이긴 하다. 남아 있는 눈 위로 겨울의 끝자락인 삼월에 내리는 푸석 눈이 산등성이에 쌓이면 냉큼 녹질 않는다. 찬 공기가 산을 타고 위로 올라가고 채 녹기도 전에 춘설(春雪)이 한두 번 더 덮어 씌우면 약간의 시간이 걸려서 운치를 더해 주긴 한다. 지형적으로 그리 높은 산이 없어서 동화 속에 나오는 알프스산맥의 눈처럼 사시사철 지속되지도 않을 뿐더러 땅의 훈김에 이내 녹아 없어지곤 한다.

새 천년을 들뜬 맘으로 맞이했던 것이 몇 날 되지 않는 것 같은데 한 해의 끄트머리에 닿았다. 한 해를 정리해 보라는 듯이 주먹덩이 만한 눈발이 아우성을 치며 새벽을 깨웠다. 얼마나 오래도록 그리워하던 설경인가 싶다. 이미 부지런한 이들이 밝고 지나간 자국이 선명하게 찍혀 있었다. 청소차가 두 줄을 그어서 사람이 빠지지 않을 만큼 길을 내고 갔다. 아파트 현관 앞에 두 사람이 스쳐간 자국이 흐릿했다. 우유와 신문을 갖다주고 간 흔적이다. 겨울 손님은 그칠 새 없이 내리고 내렸다. 눈이 오시는 날은 기분이 들뜬다. 아무리 감성이 무딘 사람도 한번쯤은 환호성 내지는 창가를 서성이게 만든다. 밖으로 나가고 싶은 충동을 일게 한다. 눈은 하루 종일토록 퍼부었다. 이튿날까지도 쉬지 않고 내렸다. 지저분한 세상을 깨끗하게 덮어서 백지로 만들어 놓았다.

전날 치운 눈은 표적도 없이 다음날에는 더욱 쌓여만 갔다. 빙판 위에 푸석 눈을 덧뿌리니 여지없는 얼음판이 되어갔다.

그간 여러 해 동안 눈다운 눈을 만나지 못하고 살았다. 지구가 더워지기라도 한 듯 겨울이 흐지부지하게 다녀가곤 했다. 훈훈한 겨울 기온에 하천의 개나리가 꽃망울을 뻐개곤 했다. 그동안 소량으로 내려보낸 댓가로 한꺼번에 내려주기라도 하는 것 같다. 눈바람 또한 무지막지했다. 이십여 년만의 한파는 제 값을 하려는 듯이 기온이 뚝뚝 떨어졌다. 미처 겨우살이 준비를 다하지 못한 탓에 여기저기서 수도 배관이 얼어 터졌다는 뉴스로 TV 화면을 장식했다. 그것도 겨울이면 여름이 무색할 정도로 간편한 반소매 옷을 입고 지낸다는 아파트에서 수도 계량기가 더 많이 터졌다. 신정 연휴를 즐기려고 먼 길을 떠난 사람들도 도로 위에서 갇혔다. 그간 온난화 현상으로 겨울 구실을 못하던 겨울이 몹시도 사납게 냉기를 뿜어내고 있다. 삼한사온도 잊어버린 듯 사뭇 막무가내다.

자동차가 다니는 큰길의 눈을 인도로 퍼올려 쌓아놓았다. 응달의 골목에는 잘 다듬어진 얼음판이 되어가고 있었다.

우리나라는 아직도 사람보다, 차를 더 중히 여기기라도 하는 듯하다. 사람이 편안하게 다녀야 할 길에, 도로에서 퍼올린 눈 더미로 한 사람 비켜서기도 어렵게 옴나위를 할 수 없다. 온 길이 빙산처럼 되어 가고 있었다.

더구나 자기 집 대문이나 가게 앞의 묵은 눈을 치우지 않아서 노약자가 넘어지고 골절 사고자가 늘어만 갔다. 오죽하면 이런 표어를 붙였을까. 그것은 종업원에게 당부하는 말일까?

'우리 집에 오는 손님 가게 앞에서 넘어진다'

연일 관공서로 불만의 전화가 빗발치고 있다고 한다. 도로 옆의 인도에 눈을 치우지 않아 사람이 다쳤다고 불만이 여간 아니라고 한다. 지금 사람들은 자기 집 앞의 눈 치우는 일에도 야멸차게 인색하다. 부모님의 가르침이 자꾸 떠오른다. "내 집 앞의 눈은 쌓이기 전에 치워야지 행인이 넘어지기라도 하면 얼마나 부끄러운 일이냐."고 눈이 오는 중간에도 비질을 하도록 채근하시곤 했다.

이제 눈도 세월 따라 달라지나 보다. 영화 〈러브스토리〉에 나오는 애잔한 장면의 로맨틱한 얘기는 물 건너간 것 같아 아쉽기만 하다.

감성이 풍부하던 꿈 많은 시절에는 눈발이 날리면 그냥 좋기만 했지만, 요즘엔 아침에 내리는 눈은 공포의 눈이다.

응달의 얼음은 여러 날 동안 들러붙어서 날씨가 풀릴 때마다 질척거렸다.

우리나라에도 골 깊고 드높은 산이 있어서, 눈은 녹지 않고 아름다운 자태를 오래 보여주고, 사람이 생활하는 땅에는 봄이 후딱 왔으면 좋겠다.

베 짜던 어머니

올여름도 지난해와 마찬가지로 더위가 연일 이어지고 있다.

삼복더위에는 줄줄 흐르는 땀 때문에 화장을 제대로 할 수가 없다. 그래서 옷가지도 시원한 천으로 만든 옷만 찾게 된다.

옷장 속 깊숙이 휴면하고 있는 삼베 옷감을 끄집어냈다. 돌아가신 친정어머니가 건네주신 것을 아직도 보관하고 있었다. 주시면서 당부의 말까지 하셨다. 공임이 들더라도 양장점에 맡겨 모양 나게 몸에 맞도록 해 입으라고 하셨다. 하지만 웬지 삼베옷은 시골에서 농삿일하는 사람들이나 입는 옷쯤으로 여겨왔다.

어머니는 '공주군 유구면' 산골에서 태어나셔서 일찍이 '길쌈' 하

어머니의 일생은 누에와 같으셨다.
누에가 고치 안에서 집을 뚫고 나와 알을 낳고
사람에게 이로운 비단실을 내어놓고는 생을 마치듯이,
어머니도 이 세상에 오셔서 희생으로
온 힘을 다해 우리 남매들을 헐벗지 않게 살펴주시고
그 힘이 다할 때까지 성실히 살다 가셨다.

는 솜씨를 익히셨다. 유구는 작은 도시임에도 직조공장이 들어설 만큼 명주가 많이 나기로 유명했다. 산골에서 산골로 시집오신 어머니와 길쌈은 뗄래야 떼어낼 수 없는 생활의 한 부분이었다. 가난을 운명처럼 받아들이며 열심히 살아내셨다. 농사를 본업으로 하시면서 길쌈을 짬짬이 했으니 부업 아닌 부업이 되었다.

봄이 되면 누에 치는 일로 온 봄을 탕진했다. 비단실을 얻기 위하여, 누에를 기르고 실을 뽑고 베를 짜고 옷감을 재단하여 옷을 만드셨다.

누에는 깨끗한 뽕잎을 먹고 자란다. 알에서 깨어난 개미누에(어린누에)는 3일 동안 뽕잎을 먹고 하룻 동안 잠을 자기를 반복한다. 보통 첫잠에서 네 번의 잠을 자고서야 고치로 집을 짓는다. 하루 12시간을 먹이를 먹어대니 웬만큼 부지런하지 않고서는 기를 수가 없다. 그러니 누에의 뒷바라지는 순전히 어머니 손품이 들었다.

또한 여름에는 삼배농사로 더워 볼 틈이 없었다. 삼 껍질을 갈래갈래 갈라서 실로 만들어 피륙을 만드는 일이다. 밭에서 자라던 삼이 키 크기를 멈추고 사람의 손길을 기다렸다. 사람의 키 두 배나 됨직한 삼은 밑둥에서부터 잎사귀가 누래질 때 낫을 들고 베어야 했다.

어른들은 큰 드럼통으로 솥을 만들어 물을 붓고 삼을 쪄냈다. '삼굿'이 시작되었다. 열과 성의를 다해 쪄낸 삼대를 뜨거운 솥 속에서 건져내어 껍질을 벗겼다. 해가 뜨기 전에 큰아버지 내외분이랑 할머니까지 거드시는 걸로 보아 중대한 일인 줄 알았다.

벗겨놓은 기다란 식물 껍질들은 여러 번 손이 가서 천연섬유의 실이 되어가는 과정이었다.

가을은 가을대로 바쁠 수밖에 없었다. 여름내 자라던 목화가 미색 꽃잎을 접고 목화다래가 여물어 가기에―까만색의 목화다래가 익어서 저절로 석류처럼 벌어지면 조각 솜들이 속속들이 차 있었다. 다래가 너무 벌어지도록 내버려두면 솜들이 널부러지고 검불이 들어가 앉으면 상품가치가 없어지므로 서둘러 거두어 들여야 했다. 이래저래 가을도 한번 쉬어 보지 못한 어머니 손이었다.

어둠이 내리도록 어머니와 함께 광주리 가득 목화를 따서 담다 보면 밀린 숙제가 생각나지 않았었다.

깊어가는 밤 물레를 돌려 무명실을 뽑아내는 어머니 곁에서 구구단을 외우곤 했다. 어머니는 언제나 여자가 지켜야 할 예의범절들을 조용히 일러주곤 하셨다. 얘기 중간에 속담도 재미있게 풀어서 예를 들곤 하셨다.

깊어가는 밤 물레에서 무명실을 자아올리고, 명주실 타래를 손 보아야 하고, 삼을 삼아야 하니 길쌈은 사계절 쉴 틈이 없었다.

피륙의 원료가 식물의 껍질이거나 잔손이 많이 가니 어머니 손은 가뭄 든 밭고랑 터지듯 성한 손가락이 없었다.

이듬해, 장만해 놓은 길쌈들은 이른 봄부터 손을 기다렸다. 농사일을 하시면서도 틈틈이 차려놓은 베틀에 앉는 일을 게을리하지 않으셨다. 도투마리에 짤 베의 날줄을 감아 베틀 맞은편 뒤쪽에 가로 누이고 한쪽 발에는 끈이 달린 짚신을 신어 씨줄을 넣을 때마다, 당겼다 느쳤다 하셨다. 왼손은 씨줄을 칠 때 쓰는 바디를 잡고 오른손은 날줄 속에 들어갈 실이 담긴 갸름한 북을 잡으셨다. 북은 날줄 틈으로 씨줄을 넣어주는 역할을 했다. 찰카닥찰카닥 베틀 소리는 규칙적이고 구성져서 리듬감이 있어 바로 생음악이었다. 베틀에 앉아 있는 어머니는 유행가를 부르시며 고단한 삶을 풀어내시곤 했다.

장날에 내다 판 피륙들은 생필품으로 돌아왔다. 손톱이 닳도록 수십 번의 손길이 오간 귀중한 것들이지만 대가로 받기엔 턱없는 액수였다. 그럼에도 가용에 보탬이 되었다고 늘 감사하셨다.

무명천으로는 동생들의 옷을 해 입히고 고급스런 명주는 아버지 나들이 복을 만드셨다. 할머니의 수의도 색색으로 물들여 원삼수의를 곱게 해 입혀 보내드렸다.

어머니의 일생은 누에와 같으셨다. 누에가 고치 안에서 집을 뚫고 나와 알을 낳고 사람에게 이로운 비단실을 내어놓고는 생을 마치듯이, 어머니도 이 세상에 오셔서 희생으로 온 힘을 다해 우리 남매들을 헐벗지 않게 살펴주시고 그 힘이 다할 때까지 성실히 살다 가셨다.

양장점에서 꿰매 온 개량복을 입을 때마다, 시원한 삼베옷 입고 베틀에 앉아 베를 짜던 어머니 모습이 떠올라 그리움이 가중된다.

동명다인(同名多人)

　이름이란 사전적 의미로 사람의 성(姓) 아래에 붙여, 그 사람을 가리켜 부르는 말이다.

　나의 이름 때문에 일상생활에 겪어야 하는 희로애락이 서너 가지나 된다.

　일전에 근육통이 심해서 통증클리닉에 간 적이 있다. 치료를 받으려면 첫 번째 관문인 간호사에게 성명을 대야만 진료실을 들어갈 수 있기에, 간호사에게 고했다. 간호사는 숙련된 솜씨로 재빠르게 컴퓨터의 키보드를 여덟 번 후다닥 두드렸다. 그러면 병원을 내원했던 환자 중의 '이영숙'이 파랑색 바탕의 모니터에 모두 나와 일렬횡대로

소낙비가 내린 후 햇살이 쨍하니 내리 쬐면서
일곱 빛깔의 아름다운 아취형의 무지개가 태어난다.
처음 그 영롱한 빛깔을 보았을 때,
그때부터 무지개는 나의 이상이자 꿈이었다.
하지만 무지개가 생기는 원리가
'아픔의 소산' 이라는 걸 알고부터는
현실이 보이기 시작했다.

가지런히 뜬다. 화면을 가득 채우고도 모자라 '엔터'까지 해 가며 검색해 차트를 찾아내곤 한다.

둥그런 회전의자에 엉덩이를 걸치듯이 하고 앉으니 의사는 상례적으로 이런저런 몸의 상태를 물었다.

"손의 상처는 좀 괜찮으신가요? 약은 며칠분이나 드릴까요?"

의사는 나의 대답도 듣기 전에 차트에 알아볼 수 없는 글씨를 휘갈기며 문진을 했다. 말할 기회를 주지 않아서 듣고만 있으려니 뭔가 이상하게 돌아가고 있었다.

"선생님, 전 손을 다친 적이 없는데요."

이때 간호사가 아무개님 아닌가요? 하고 재확인을 했다.

"차트가 바뀌었나 봅니다." 하면서, 생년월일과 피보험자 성명을 다시 확인했다. 접수를 할 때 간호사가 대충 알아들었든가, 아니면 나의 불찰인지 동명이인의 차트를 진료대 위에 대기시킨 모양이다. 하마터면 물리치료도 못 받고, 억지로 엉덩이 주사와 쓴 약을 받아 올 뻔했다. 그 후론 이름과 생년월일 피보험자인 남편 이름을 또박또박 눌러 쓴 메모지를 내밀어서 참 나를 찾아주기를 바랐다.

이름 때문에 겪는 애로사항이 두 가지 더 있다. 수필동인지 '목소리'에 실릴 작품을 출판사에 전자우편으로 보내면 교정을 보면서 번

번이 내 원고를 빼 버렸다. 같은 이름으로 두 작품이나 들어와 있다는 출판사측의 해명이지만, 속맘으론 아무래도 작품성이 저급해선가 하고 의기소침한 적이 여러 번이다.

그 후에 경상도 포항에 살고 있다는 동명이인과 어렵게 통화를 할 수 있었다. 성도 이름도 장르도 같기에 호기심이 생겨서 어떤 사람인가 궁금했다.

서로 얼굴은 모르지만 이름이 같다는 이유 하나만으로 단박에 친해졌다. 이메일을 주고받을 만큼.

어렸을 때 친구들이 나의 별명을 '쑥' 이라고 놀려댔다. 그럴 때마다 곧잘 울먹이곤 했다. 좀 더 자란 다음에야 불만 섞인 말투로 아버지에게 따진 적이 있었다. "아버진 한학을 하신 분이 어떻게 이런 이름을 지었어요." 했더니 아버진 너털웃음을 하시며, "애 '쑥' 이 얼마나 끈기 있는 풀인데, 그때는 그 이름이 유행이었다." 하며 아버지마저 한 번 더 나를 골리셨다.

그러고 보면 6·25전쟁 통에 태어난 사람들, 아니 여자들 이름이 별난이가 많다. 예를 들면 '갓난이', '언년이' 또는 딸만 낳은 집에 남동생을 보라고 '꼭지' 나 '끝년이' 라는 이름을 지어 부르기도 했다. 그런 이름에 대면 내 이름은 무난한 편이지만, 어쩐지 길을 가다가 나와 같은 옷을 입은 사람을 만난 것 같이 식상할 때가 많다.

세 번째로 이름 때문에 난감했던 일이 지난여름에 또 일어났다. 문인협회에 입회원서를 제출하면서 제동이 걸렸다. 실명으론 가입이 불가능하다는 연락이 왔다. 똑같은 이름이 전 장르마다 있어서 안 된다는 것이다.

전화를 끊고 이리저리 궁리를 해 보았다. 리영숙?, 이숙영?, 이영?, 이숙 중에서 하나 택하면 되겠구나 싶어, 다시 확인해 본 결과 모두 다 등록이 된 이름이라는 것이다. 본명을 사랑해 보려고 해도 번번이 본래의 나를 거부하는 순간이다. 복잡한 것이 싫어 애시당초 아호나 필명을 갖지 않으려 했다. 아무려면 어떠랴, 이제까지 잘살아왔는데……. 하지만 전국의 '英淑'이 때문에 피해자가 된 느낌이다. 아니다, 거꾸로 생각하면 내 이름으로 인하여 나도 누군가를 헛갈리게 하고 있는 셈이다.

어느 날 우연히 인터넷 검색창에 내 이름을 쳐봤다. 전국에 동명은 많기도 했다. 30여 명이 모니터에 가득하다. 그것도 포털서비스에 등록된 숫자일 터이니, 헤아릴 수 없이 많다는 결론이다.

궁여지책으로 끙끙대며 협회에 등록할 욕심으로 어쭙잖은 이름을 지었다. 국어사전을 헤집어 보다 찾아낸 단어가 무지개의 다른 이름이 '채홍(彩虹)'이라는 걸 알았다. 본의 아니게 이름을 하나 더 갖게 되었다.

소낙비가 내린 후 햇살이 쨍하니 내리 쬐면서 일곱 빛깔의 아름다운 아취형의 무지개가 태어난다. 처음 그 영롱한 빛깔을 보았을 때, 그때부터 무지개는 나의 이상이자 꿈이었다. 하지만 무지개가 생기는 원리가 '아픔의 소산'이라는 걸 알고부터는 현실이 보이기 시작했다.

글을 쓴다는 것은 천형으로 내게 다가왔지만, 피하려고 하지 않는다. 운명처럼 받아들이며 무지개처럼 고운 빛이 설 때까지, 그렇게 쓰려고 한다.

나도 저 무지개처럼 고운 빛깔의 문학작품을 한 편만이라도 남기고 싶다.

읽어서 누구나 부러워할 그런 수필 한 편을……

천연세제

'진작 이렇게 할 걸!' 설거지물에 밀가루를 풀어 접시를 씻었더니 신기하게도 기름기가 싹 가셨다.

여태껏 합성 주방세제를 훌렁 따라서 쓰곤 했다. 오래 전부터 주부 습진으로 인하여 손이 많이 거칠어졌다. 거칠다 못해 손가락 전체에서 피가 날 정도로 표피가 알른알른하다. 그래서 손을 보호하는 차원에서 고무장갑을 꼭 갖춰 끼고 허드렛일을 한다. 고무장갑을 끼니 여름이면 점점 더 심해져서, 고무장갑 속에는 해로운 물질이 더 많이 들어 있나 보다.

가정주부는 눈만 뜨면 물과 씨름을 해야 하니, 물을 거역하며 살 수

가족의 건강을 위해서라면
주부의 지혜를 발휘해 통밀가루를 선호할 줄 알아야겠다.
내 손이 많이 보드라워졌다.
주부습진이 자연스럽게 치유가 되어가고 있다.
이런 나의 작은 노력이
물을 살리는 일에 얼마간 보탬이 됐으면 한다.

는 없는 노릇이다.

그래서 한 가지 방법을 생각해 냈다. 불편하지만 설거지를 할 때마다 선조들이 하던 대로 설거지 그릇에 밀가루를 풀어 보았다. 천연세제라서 손이 많이 순해지고 있다.

그때는 오늘날과 같이 기름진 음식을 먹지도 않았거니와 따로 부엌에서 쓰는 세제가 없었다. 나름대로 선조들은 지혜롭게 살았다.

세제 대신으로 세척력이 강한 희뿌연 쌀뜨물이나 밀가루를 풀어 식기를 씻었다.

거기다 볏집을 태운 재를 쓰기도 했다. 불을 때고 나온 식은 재로 놋그릇을 닦으면 손가락이 상하지 않고도 윤을 낼 수 있었다. 또한 재를 물에 담가 우려내어 그 물로 무공해 비누를 만들어 썼다.

뿌연 뜨물이 하는 일은 많았다. 애벌물은 옹배기에 모아두었다 식기를 닦았고, 속뜨물은 토장국을 끓일 때 국물로 요긴하게 썼다. 마지막 훗물까지도 버려지는 일없이 소여물을 끓이는 가마솥으로 직행했다. 이렇게 다양하게 쓸 수 있었던 것은 벼에 농약을 치지 않았기에 가능한 일이었다. 또한 이렇듯 물을 절약하는 내핍생활은 물을 신성하게 여기는 까닭이었다.

최근 선진국 세제시장에서도 웰빙 바람이 불고 있다. 소비자들도 수질오염을 염려하고 몸에도 안전한 천연세제를 선호하고 있다. 천연 주방세제의 원료는 지극히 평범한 것들이다. 로열젤리, 토코페롤, 알로에베라, 대두유, 올리브유 등을 100일간 발효시켜 100퍼센트 천연세제를 만든다는 것이다. 천연세제는 세척력도 강하고 수질 오염도 막을 수 있어 환경과 건강을 생각하는 소비자들에게 환영을 받을 것이다. 다만 아쉬운 것은 합성세제와 천연세제의 가격차이가 너무 많은 것이 옥에 티다.

오늘날의 밀가루는 대용식이지만, 이전에는 쌀이나 보리쌀이 귀하다 보니 밀가루도 절반의 양식 노릇을 했다. 참밀가루의 겉모양새는 뽀얗지는 않아도 열두어 가지쯤이나 되는 음식을 만들 수 있었다. 그 대표적인 음식이 국수나 수제비이다. 우리 집에서도 찬밥이 어중간할 때면 영락없이 감자를 썰어 넣고 국을 끓이다가 삭수제비를 떼어 넣어 먹었다. 수제비는 아마도 국이나 찌개— 탕의 시초가 아닐까 생각해 본다. 유일하게 이런저런 탕을 끓여 먹는 나라는 우리나라밖에 없는 걸로 알고 있다. 여러 가지 재료에다 물을 조금 잡으면 찌개가 되고, 물을 많이 잡으면 국이 되는 것이다. 이런 탕 문화는 뜨거운 음식을 즐겨먹는 이유도 있겠지만, 그보다는 분량을 생각했을 게다. 적은 양을 늘려서 여럿이 먹을 수 있음이다.

수제비는 오랜 동안 서민들의 배를 불려주었고 밥상을 장식해 주었다. 밀을 통째로 삭 빻아서 색은 비록 뻘건 하니 보기에 좋지 않았어도, ‘뚝제비’는 허기진 배를 채워주며 오늘날까지 이어져 오고 있다. 다만 어느 때부턴가 백색으로 바뀌었을 뿐이다. 희고 고운 가루는 빵으로 탄생되어 현대인의 입맛을 사로잡기에 충분한 역할을 하고 있다. 다만 그렇게 희고 고은 가루가 우리의 위장을 화농시키는 주범이 되어가고 있음에도, 사람들은 달콤한 유혹에 매료되어 박절하게 거절하지 못하고 있다.

수지타산이 맞지 않아 우리 밀을 얼마 키우지 않으니, 수입 밀가루에 의존하는 수밖에 없다고 한다. 수입품이 싫다고 언성을 높이며 곁눈질을 하고 있지만 가격이 월등히 저렴하니 결국엔 국산품을 외면하게 된다. 우리 밀가루는 1Kg에 3500원인데 수입 밀가루는 1Kg에 1000원을 안 주고도 살 수 있다. 우리 밀을 좀 더 많이 키워서 우리 농산물의 영토를 넓혀 나가기를 소망해 본다.

수입 밀가루는 색상이 희고 가루가 더없이 곱지만 배를 타고 물을 건너려 할 때부터 농약과 방부제 신세를 지고 있다.

더러 빵가게에서, ‘무방부제’라고 자신 있게 권하는 것도 그런 연유일 것이다. 이미 호주나 미국에서 들어올 때 방부제 처리가 되어 있

으니 굳이 수입 밀가루에 다시 방부제를 가미할 필요성이 없는 것일
게다. 베란다에 내놓은 식빵은 며칠이 되어도 상하지 않는다. 어쩌다
냉장고 귀퉁이에 있던 빵조각에 퍼런 곰팡이가 피어 있는 것을 볼라
치면 그리 반가울 수가 없다.

예전에 습기가 많은 장마철 밀가루에 검은 벌레가 생겨 꾸물거리면
어머니들은 그런 밀가루를 체에 쳐서 다시 쓰곤 했다. 요즘엔 싱크대
밑에 넣어두고 해를 넘겨 가며 먹어도 곰팡이 피는 일 없고 벌레도 살
지 않는다.

그렇다고 탄수화물이 많이 함유된 빵을 아니 먹고 살 수는 없다. 가
족의 건강을 위해서라면 주부의 지혜를 발휘해 통밀가루를 선호할 줄
알아야겠다.

내 손이 많이 보드라워졌다. 주부습진이 자연스럽게 치유가 되어
가고 있다. 이런 나의 작은 노력이 물을 살리는 일에 얼마간 보탬이
됐으면 한다.

세척력이 대단한 밀가루에서 '아백(亞白)의 힘'을 보았다.

생명과 자연은 행복의 조건

태교란 좋은 부모가 되려는 준비과정이며, 아기의 건강과 행복을 위하여 기울이는 노력이다. 올바른 행동과 좋은 말을 하는 것이 첫째로 중요하지만 아빠 엄마로서의 역할과 책임만큼 완전한 태교는 없을 것이다. 모든 이들이 태어날 아기가 마음이 따뜻하고 정서가 풍부하길 원하는 것이다.

시집간 딸도 임신 중반쯤에 여느 엄마들처럼 태아에게 좋다는 것을 모두 하는 것 같다. 음식을 먹을 때도 이것저것 따져서 자연식을 하는가 하면, 과일도 야물고 반듯한 것으로 골라먹으며, 깊은 겨울인데도 딸기를 여름딸기 먹듯 했다. 아마 그 양으로 치자면 한 가마니 정도는

평소에도 하는 짓이 귀여워
손을 끌어다 입에 대고 손등을 지그시 깨물면,
한번 더 제 손을 입에 대준다.
아무튼 내 아들딸과는 달라도 많이 다르다.
성격도 명랑하고 낙천적이다.

되지 싶다.

눈치 볼 시부모를 모시고 사는 것도 아니니 먹고 싶은 걸 한껏 먹는 것 같다. 낮에는 주로 임산부 요가를 다니며 체력을 키웠다. 임산부 요가는 인도 고유의 심신 단련법의 한 가지로, 스트레칭과 바른 자세로 호흡을 가다듬어 정신을 통일하고 순화시켜 초자연적인 힘을 얻으려는 수행법이다.

임신 7개월째부터는 불뚝해진 배를 안고 처녀 때부터 익혀 온 댄스 스포츠까지 병행하는 눈치다. 친정어미인 나의 성화가 나날이 드높아도 막무가내였다. "그렇게 격렬한 운동을 하다 애라도 잘못되면 어쩌라고?" 해도 의지를 굽히기는커녕 더 강행군을 했다.

"괜찮아요, 호흡조절만 잘하면 태아에게 해롭지 않댔어요." 했다.

그리고 어느 사회단체에서 주관하는 '태아를 위한 부부교실' 세미나에도 남편 손을 잡고 스스럼없이 찾아다니곤 했다. 그 세미나의 프로그램 중에는 부부가 호흡을 맞춰가며 스트레칭을 한다는 것이다.

아비는 퇴근해서 들어와 동산만한 배에 대고 태중 이름, "반디야 아빠 왔다." 하며 실제 아기가 보이는 것처럼 대화를 했다. 또한 동화책 읽어주는 것을 일상화했다. 딸 내외를 보고 있노라니 세월의 격세지감이 느껴진다. 아기를 위하는 일이라면 별의별 표현을 서슴없이 하니 보는 내가 민망스러웠다.

내가 아이들을 임신했을 때는 어른들 눈을 의식하지 않을 수가 없었다. 배가 불러 오는 것만으로도 충분히 부끄러웠다. 제대로 기쁜 맘을 표현해 보지도 못했거니와, 태교라야 책을 많이 읽은 것이 전부였다. 그것도 동화책이 아닌 엄마가 좋아하는 세계문학전집을 읽었으니. 태교가 뭔지도 모르고 그냥 그렇게 10개월을 조심하기만 했다. 그래 그런지, 아들과 딸은 커 나면서 자기표현이나 주장을 뚜렷하게 하지 못했다. 숫기 없는 아이들이라 마음이 짠할 때가 많았다. 겁이 많고 소심한 편이라 어떤 일을 할 때 추진력도 많이 부족하다.

딸은 임산부 요가로 다져진 덕인지 천만다행히도 제왕절개 수술을 받지 않고 비교적 수월하게 순산했다. "아유 신통해라." 신 새벽 전화를 받고 산부인과로 달려간 나는 딸의 손을 덥석 잡으며, 그 말밖엔 더 이상의 말이 필요치 않았다. 아무리 순산을 했다고 해도, 산부인과 침대에 누운 딸은 쉴 새 없이 땀을 쏟아내고 있었다. 밤새도록 그렇게 진통에 시달렸을 딸이 안쓰러워서 가슴이 절절했다. 하지만 생각보다 산모의 회복력이 빨랐던 것은 기체조와 명상수련을 한 덕이라 생각된다.

외손자가 세상 밖으로 나올 때도 어미 애먹이지 않고 순조롭게 나올 수 있었던 것은 임신기간 동안 어미와 익혔던 호흡조절법의 덕이라 짐작된다. 상호보완작용을 해가며 어미 배를 쉽게 박차고 나올 수 있었던 것 같다.

생명과 자연은 행복의 조건을 뒷받침해 준다.

지금 생각하니 임산부요가는 무통분만을 할 수 있도록 체력을 다져주는 좋은 태교법이다.

외손자는 돌을 지내고부터 양가를 오가며 집안 분위기를 압도해 나가고 있다. 싫고 좋음의 자기표현이 확실하다. 뱃속에서부터 리듬을 익혀서인지 신명이 많은 녀석은 가무를 즐길 줄 안다. 아직 언어구사는 다하지 못해도 입속말을 주절이며, 더 신이 나면 한 발을 구르기까지 하여 음을 탈 줄 안다. 꼭 북한 소년예술단원의 한 아이처럼 몸을 날렵하게 내두른다. 아마도 태교의 영향이 아닐까 싶다.

녀석은 정이 많아 스킨쉽을 좋아한다. 잠을 자려면 양손을 제어미의 얼굴을 부비고 문지르다 잠이 들곤 한다. 돌을 지나서까지 모유를 먹여서 그런 것 같다.

평소에도 하는 짓이 귀여워 손을 끌어다 입에 대고 손등을 지그시 깨물면, 한번 더 제 손을 입에 대준다. 아무튼 내 아들딸과는 달라도 많이 다르다. 성격도 명랑하고 낙천적이다.

내가 집에 가만히 들어앉아 몸만 조심한 것과 달리, 딸처럼 이런저런 태교법을 해서인지 외손자는 우리 아이들과 다르다. 갓난이치고는 자기주장과 자기만의 표현이 리얼하리만큼 뚜렷하다. 이 모두가 좋은 태교법의 덕이리라.

6. 백년초

태어난 곳은 중남미 아열대지방
사뜻하게 웃으면 꽃이라고 찬탄해요
그렇지요, 어떻게 피워낸 꽃인데…….
꽃잎을 접고 침묵하면 열매라고 호들갑
내 고향은 숨이 막힐 정도로 사시장철 날씨가 더워,
살아가는 요령을 터득했죠
내 몸에 피어난 꽃을 위해 배가 불뚝 하도록
물을 머금고 있어야 해요
모래 위에 오래 서 있으려면 줄기에 물을 채우고―
잎은 최대한 날씬해야 수분이 날아가지 않기에,
잎을 더 곧게 세운답니다
그러면 가시가 돋았다고 손을 사리지요
머나먼 제주도까지 이민을 온 것은 섬이 따뜻해서죠
고향의 날씨와 흡사해서요
한 백 년 살면서 제왕 같은 위엄 보여줄게요
깊고 듬쑥한 산에서 도를 닦는 신선의 손과 같아,
손바닥 선인장이라 불러요
내가 침묵하면, 꽃보다 아름다운 열매가 되지요.

글쓰기는 천형처럼 내게 다가왔기에 숙명처럼 받아들인다.
이제 글쓰기는 황홀한 놀이 공간이 되었다.
삶의 본질을 꿰뚫는 소름끼치는 경지에 들고 싶다.
행복을 즐겨야 할 시간은 지금이며
행복을 즐겨야 할 장소는 여기인 것처럼…….

빛바랜 다이어리

'산 너머 또 너머 먼 하늘엔 행복이 있다고 사람들은 말하기에 나도 믿고 따라가 보았더니, 눈물만 글썽글썽 되돌아왔네. 산 너머 또 너머 먼 하늘엔 행복이 있다고 사람들은 아직도 말하네.'

—칼붓세의 〈행복〉

문갑을 뒤적이다가 겉표지가 누렇게 바랜, '릴리 다이어리' 라는 공책 한 권을 발견했다. 백합꽃이라는 상표의 사십여 년 전의 손때 묻은 메모 노트다. 유명한 시인들의 시를 빼곡하게 옮겨 쓴 공책이다.

내 나이 20여 살쯤에 살아가는 의미를 도무지 알 길이 없어 방황하던 흔적이 고스란히 묻어 있다. 공자가 말하기를 나이 삼십이면 인생의 뜻을 세우고 독립을 준비할 시기― '이립(而立)'이라 했거늘, 나는 삼십이 다 되도록까지 이것도 저것도 아닌 고만고만한 나날을 살았었다.

그저 태어났으니까 살아가는 허무한 나날을 보낸 것이다. 집안 어른들은 여자의 인생 최대 목표가 결혼을 하는 것인 양 시집을 보내려고만 했다. 그럴 때마다 남들이 하니까 나도 그렇게 살아가야 하나 하고 선뜻 생각을 바꾸기까지는 여러 해가 걸렸다.

스무 살 전후에 직장생활을 하면서 서울 신촌의 외삼촌 댁엘 자주 갔다. 외사촌 언니 오빠가 읽던 문학서적이 수두룩했다. 주로 세계문학전집에 있는, 『테스』, 『좁은 문』, 『대지』와 같은 작품들을 삽시간에 읽어내곤 했다.

독서지도를 체계 있게 배우진 않았어도 많이 볼 수 있는 것으로 충분히 만족했다. 그 나이 때는 이해도 빨랐다. 활자를 모두 읽어야만 직성이 풀렸던 시기였다.

아마도 나의 독서는 글쓰기의 시초였던 것 같다. 시집을 읽다가도 감흥을 받으면 고스란히 공책에 옮겨 적는 습관도 그때부터였다.

빛바랜 다이어리 속에는 앙드레지드, 프랭클린, 파스칼, 데카르트, 쟝콕도, 괴테, 헤르만 헤세의 시들이 모두 들어 있다. 그리곤 저녁마

다 시를 암송하곤 했다. 그런 작업이 생활의 보탬이 되는 것도 아니었
건만……. 이미 나는 몹쓸 문학병에 걸렸던 것 같다.

60년대 말쯤에 ‘로큰롤’ 의 대가인 엘비스 프레슬리의 공연이 장충
체육관에서 열릴 때에도 기어이 가 봐야만 직성이 풀렸다.

세종로에 있는 시민회관, 지금의 세종문화회관에서 상영하는 영화
들을 모두 탐닉해야만 살아 있음이 충만하기까지 했다. 문학병 플러
스 문화병까지 겹쳐 질병은 생각보다 골이 깊어만 갔던 것 같다.

결혼하여 아이를 낳아 키우면서도 삶은 늘 허전했다. 밥 먹고 잠자
는 똑같은 나날들은 삶의 의미가 없었다. 그저 아이들이 빨리 자라주
기만을 기다렸다. 그러다가 재미삼아 남편 회사의 사보에 짧은 생활
글을 발표하면서부터 꿈의 싹은 빠르게 자랐다. 감히 문학에 발을 들
여놓게 되었으니. 살아가는 이야기를 글로 표현하면서 나만의 세계에
도취되어 삶의 의미를 찾아낸 셈이다.

서울에서 안양으로 거처를 옮겨왔다. 불교에서 말하는 사람이 살아
가는데 미음을 편안히 해 주고 다스리게 해 준다는 극락정토로…….

문학강연이 있는 곳이면 안양에서 서울까지 나서기도 했다.

그럴 즈음 안양시에서 주관하는 백일장에 나가 글짓기 시 부문에
입상을 하면서 읽고 쓰고 생각하는 습관이 일상화되어 갔다.

나중에 알고 보니 안양에도 훌륭한 문학인이 많았다. 그때부터 소망은 빠르게 이루어지는 듯했다. 화요문학 동인들을 만나기까지는 아주 오랜 시간을 걸어온 셈이다.

향수를 사지 않아도 향수가게를 들어갔다 나오면 향내가 나는 것처럼, 문학에 뜻을 둔 사람들과 같은 길을 걸어가면 뭔가를 얻을 것 같았다. 하지만 글을 쓴다는 것은 아직도 어려운 작업이다. 쓰면 쓸수록 점점 더 고단하다. 하나 이제 되돌아가기엔 나는 너무 멀리 와 있다. 글을 써서 생활이 윤택해지는 것은 아니지만 그렇다고 아니 쓰고 살 수도 없다. 고픈 영혼을 채워주는 마음 창고에 양식이 가득함을 가끔씩 느낀다. 사색을 벗삼아, 자연을 벗삼아서 이냥 이대로 읽고 쓰는 일을 반복하련다. '빛바랜 다이어리'는 나를 글쟁이로 만들어 주었다.

글쓰기는 천형처럼 내게 다가왔기에 숙명처럼 받아들인다.

이제 글쓰기는 황홀한 놀이 공간이 되었다.

삶의 본질을 꿰뚫는 소름끼치는 경지에 들고 싶다.

행복을 즐겨야 할 시간은 지금이며 행복을 즐겨야 할 장소는 여기인 것처럼……

으뜸과 버금

우리가 쓰는 말(言) 중에 가장 혹독한 말은 무엇일까.

생각컨대 '호적에서 이름을 뺄 놈'이라는 말이 아닐까 싶다. 그것은 형벌에 가까운 언어폭행일 수도 있다. 어른들은 대개 자식 중에서 좀 바르지 못한 행동을 한다든가 가문을 욕되게 하면 호적을 파가라고 호령한다.

가정에서나 학교에서나 회사 또는 어느 조직에 속해 있으면서 규율에 어긋나는 일을 했을 때 제적을 당하게 된다. 펜으로 성명에 줄을 그어서 삭적(削籍)시킨다.

결혼을 하고 혼인신고를 하러 동사무소에 갔다가 별 잘못도 하지

딸의 권리는 없고 봉사와 희생만을 해야 가내가 편안하다.
그래서 슬픈 존재일 수밖에 없다.
지금도 어른들이 안 계신 그 자리에 들어서서
서열은 으뜸이지만
언제나 말석에서 집안 대소사를 챙겨야 하는
덜 빛나는 집사 노릇만 하고 있다.
그래도 때때로 남동생이 버팀목이 되어주고 있어서
'버금' 은 든든하기만 하다.

않은 전과자도 아닌, 내 이름 위에 빨간 펜으로 가위표시가 되어 있는 것을 처음 발견했을 때 많이 놀랐다. 가슴이 울렁거리고 경련까지 일었다. 여자라는 이유 하나로 출가했다는 표시를 엑스로 표시한 것은 좀 그랬다.

부모님은 시집가서 지켜야 할 덕목은 다 일러주셨음에도 왜 호적이 바뀌는 부분은 언급을 해 주지 않았을까 의문으로 남았었다. 삶이 너무 고단해서? 아니면 당연히 알고 있으리라 믿어서였을까.

내 마음을 알기라도 한 듯 세월이 많이 흘러온 지금은 호적등본에 까만 펜으로 직사각형 안에 '제적' 이라고 이름 아래에 작은 글씨로 표적해 놓았다.

정든 부모형제 곁을 떠나 가뜩이나 물설고 땅설은 성씨가 다른 집으로 시집을 간 것은 분명 슬픈 일이었다. 남편 하나 믿고 들어가 일상을 같이한다는 것은 신비로움이 아니었다. 결혼식을 올릴 때만 해도 모험심과 호기심이 많은 난 살판이라도 난 듯 들떠 있었다. 그러나 아니었다. 결혼이 '미친 짓' 은 아니더라도 그렇다고 이십여 년을 꿈꿔 온 환상은 더욱 아니었다. 발언권조차도 없는 둘째며느리의 자리는 그냥, 현실일 뿐이었다.

나이가 들어감에 따라 여자라서 마음 아픈 일이 또 생겼다.

아버지와 어머니의 회갑잔치 때였다. 그날의 행사를 이끌어 주는 사회자 겸 안무와 창을 맡았던 '소리꾼'은 구슬픈 타령으로 홀 안을 숙연케 했다. 눈물이 흔한 사람은 모두 손수건을 꺼내어 눈가를 훔치느라 바빴다. 1개 소대가 넘는, 아들과 며느리 딸과 사위 손자 손녀들이 '어버이 은혜'를 합창할 때는 아무리 속정이 없는 사람이라도 맘이 격해지기 마련이다. 식순에 따라 헌수의 순서가 돌아왔다.

남동생이 많으니 동생 댁들도 많을 수밖에……. 그때도 딸이라는 이유로 뒷전에 물러서서 순서를 기다려야 했다. 아들들은 태어난 순서대로 짝꿍들과 절을 하여 살아계신 분에게 제사를 올리는 의식이 이루어지고 있었다. 한참만에야 두 딸과 사위들은 합동으로 배(拜)를 올렸다.

부모님이 세상을 하직했을 때에도 유교식으로 3일 동안 많은 배(拜)를 드려야 했다. 매 식사시간마다 상식을 올리고 간간이 제를 지냈다. 당연히 큰아들 '맏상제'가 으뜸이요 제주(祭主)가 되어 집행해 나갔다.

사찰에서 49재를 지낼 때에도 발원문 독경 속에 맏딸은 이름조차도 불리지 않았다. 아! 그랬구나. 맏딸이라는 존재는 언제나 뒷전에 서서 부모님을 챙겨드리고 걱정해야 하고, 더러 당신들의 아들며느리가 서

운하게 했다면 딸에게 SOS를 친다. 슬픔을 달래주는 악역도 맡아야 하지만, 중간에서 중재 역할 또한 고스란히 딸의 몫이었다.

동생들을 업어 키우고 더 커서는 남동생들 진학을 위하여 공부하는 일도 자제해야 했다.

'맏딸은 살림 밑천이다!' 라고 강조하신 할머님의 말씀을 실행한 내가 바보천치다. 딸의 권리는 없고 봉사와 희생만을 해야 가내가 편안하다. 그래서 슬픈 존재일 수밖에 없다. 지금도 어른들이 안 계신 그 자리에 들어서서 서열은 으뜸이지만 언제나 말석에서 집안 대소사를 챙겨야 하는 덜 빛나는 집사 노릇만 하고 있다. 그래도 때때로 남동생이 버팀목이 되어주고 있어서 '버금' 은 든든하기만 하다.

지난해 영상매체에서 여성도 호주가 될 수 있다는 법안이 통과되었다니 이제야 여권이 제대로 서는 듯하다. 친정 족적(足跡)에 없으면 어떠랴 나는 나일 뿐인데…….

이제 장가보내도 가정을 꾸려 가는데 무리가 없겠다 싶었다.
그리고 기특하기까지 했다.
녀석이 회사라는 조직 속에서 이리저리 부대끼며
사회생활을 좀 하더니,
어미에게 관심을 보이며 맘까지 꿰뚫어 볼 줄 안다…….

염천(炎天)

정말 하늘이 타는 듯이 이글거리는 대단한 날씨다. 몸의 기운도 자꾸 상승기류로 간다. 정신을 붙잡아 가다듬어야 할 것 같다. 우리같이 허약한 사람들은 몸이 더 말라 들어가는 느낌이다.

그래서 삼복 중에 만나는 사람들마다 인사도 "피서 댕겨 오셨나요." 하고 묻는다. 7월 하순에서부터 8월 초순까지의 더위는 바닥을 치고 있다. 자연스럽게 서로의 건강을 염려해서 덕담 같은 인사말이 오고 간다.

"못 갔어요." 하고 단답형식으로 딱딱하게 잘라 말하기보다는, 조금 인정스럽게 "너무 더워서 못 떠났어요." 하고 스친다.

올해처럼 이렇게 뜨거운 여름엔 짐을 꾸려서 시원한 계곡으로 거처를 옮기고 싶건만, 직장에 다니는 아들이 휴가를 가을로 미루어서 어그러졌다. 여름휴가가 흐지부지 무산되어 버린 셈이다.

주말을 이용하여 가족이 시간을 끼워 맞춰, 새로 단장한 안양 유원지 계곡으로 물을 찾아 나섰다. 여름에는 물이 있는 곳이면 사람이 꼬이게 마련이라, 벌써 계곡 언저리에는 물보다 사람이 더 많았다. 여름 가뭄이 들어 물웅덩이엔 한 바가지 정도로 자작자작했다. 마치 물이 사람을 구경하는 듯해 보인다. 산 어귀 물가 비탈진 곳에 겨우 돗자리를 깔기는 했으나, 여섯 식구가 앉기엔 너무 불안정한 자리였다. 남편과 아들이 엉거주춤한 자세여서 밥 수저를 들고 미끄러질 것 같다.

이렇게 더울 때는 그저 집안에 박혀서 주변을 깨끗이 정돈해 놓고, 날로 쌓여가는 지인들이 보내준 수필집을 읽으며 지내는 것이 최상급의 피서 같다. 그냥 독서를 하는 것 보다야 오디오를 켜놓고 음악을 곁들이면 한결 기분이 업그레이드되어 더위가 저만치 가 있다. 이런 나의 맘을 가늠이라도 한 듯 퇴근한 아들이 CD 한 장을 삐죽이 내민다. 웬 것이냐고 물으니 인터넷에서 내려받은 대중가요 50곡이라고 한다. 들고 있던 책을 덮고, 호기심에 들어 있던 음반을 꺼내고 CD기에 얼른 넣어 볼륨을 키워 보았다.

조영남의 구수한 음성과 허스키한 이승연의 노래들이 고스란히 들어 있다. 거기다 더 좋은 곡, 우순실의 〈잃어 버린 우산〉까지 들어 있어 바로 따라 부를 수가 있어서 딱 맘에 들었다.

갑자기 아들이 신통방통하니 착해 보인다. 녀석이 이제야 철이 든 것 같다. 평소 말 수가 적어 잔정이 없어 어미에게 무관심하다고 했더니만, 언제 이렇게 내 맘을 잘 읽었는지 모든 곡목들이 귀에 설지 않다.

"아야! 너 언제 그리 에미 취향을 알아 뒀냐.".

이제 장가보내도 가정을 꾸려 가는데 무리가 없겠다 싶었다. 그리고 기특하기까지 했다. 녀석이 회사라는 조직 속에서 이리저리 부대끼며 사회생활을 좀 하더니, 어미에게 관심을 보이며 맘까지 꿰뚫어 볼 줄 안다…….

"엄니! 며칠 전에 노래 곡목들 메모해 줬잖아요."

"……."

딸은 긴급상황 시에 동시에
메시지가 갈 수 있도록 3개의 번호를 입력시켜 놓았고,
옆에 부착된 버튼이 다섯 번 눌러지면
SOS 메시지가 자동으로 상대방 핸드폰에
문자 메시지로 전달됐던 것이다.

문자 메시지

고속도로에서 트럭과 승용차가 추돌했다는 방송뉴스를 지켜보고 있는데, 핸드폰에서 '딩동댕' 하는 음이 들렸다. '아침부터 어디에서 문자 메시지를 보냈을까' 하고 구형 핸드폰에 찍힌 작은 글자들을 눈을 찡그리며 들여다보았다. 'SOS 긴급상황입니다. 016-200-6000' 이라는 핸드폰 번호가 찍혔다. 메시지 속의 번호가 낯익다. 스포츠센터로 운동하러 방금 나간 딸의 핸드폰 번호다.

짐작으로 15분 정도 됐을 듯하다. 그렇지 않아도 어제저녁에 꾼 꿈이 예사롭지 않아 오늘은 외출을 삼가고 자동차 조심을 해야겠다고 잠자리에서 일어나며 마음을 사렸었다. 언제나처럼 앞으로 다가올 일을 미리서 꿈을 꾸는 고얀 습성 때문에 머릿속이 개운치 않을 때가 더러 있다. 주로 나쁜 일이 있을라치면 그러해서. 어젯밤에 꾼 꿈도 현몽이 아니길 바라고 있었다.

그런데 불과 몇 시간 만에 이런 일이 일어나다니, 자꾸만 불길한 예감의 늪 속으로 빠져 들어가고 있다. 갓 돌을 지낸 애를 내게 맡기고 자동차 열쇠를 달랑거리며 나간 지가 15분밖에 되지 않았으니 아직 목적지에 도착할 리가 없으니 이건 분명 작은 일이 아니다. 손에 들고 있던 핸드폰에 수신통화 버튼을 길게 두 번 눌러 보았다. 벨소리는 울리지 않고도 현장의 상황이 은은히 들려왔다. 간간이 희미한 사람들의 말소리도 들렸고 행길의 소음도 들려왔다. 여—보—세—요!! 여—보—세—요! 해 봤다.

처음에는 작은 소리로 통화자를 부르다가 점점 다급해져 딸의 이름을 소리쳐 불렀다. 부른다고 하기보다는 악을 썼다. 그래도 대답이 없다. 이번에는 핸드폰을 닫았다가 다시 재다이얼 버튼을 눌러 보았다. 하지만 좀 전과 똑같은 소음이 들리며 무슨 말인가를 하려고 하는 듯한데 입이 떨어지지 않는 급박한 상황 같았다.

오늘도 꿈이 현실로 나타난 거야! 어찌하면 좋을까, 이제 겨우 13개월밖에 되지 않은 저 어린것은 누가 키울 것이며, 아이의 교육은 어떻게 해야 한다지……. 며칠 전에 딸과 했던 대화가 생각나서 더 절절해 진다.

누구나 그러하듯이 첫애에 대한 포부가 이만저만이 아니다. "이 녀석을 한의사를 만들까요, 아니면 탤런트를 시켜 볼까요." 하며 오도방정을 떨었었다. "애가 물건이냐, 자식은 맘대로 되는 게 아니란다."

그런 대화를 나눴던 게 엊그제인데, 이렇게 짧은 시간 안에 어쩌면 이리도 많은 일들이 무리지어 일어나서 머릿속을 시끄럽게 할까.

가슴이 죄어오며 피가 거꾸로 솟는 것 같아 머리가 멍했다. 급히 사위 핸드폰에 전화를 걸었다. 핸드폰 컬러링의 음이 들려왔다. 나를 위로라도 하듯 '괜찮아요~괜찮아요' 라는 음악만 들려왔다. 전화를 얼른 받지 못하는 걸로 보아 아직 회의시간인가 보다.

잠시 후에 발신번호를 보았는지 전화벨이 울렸다. 다행히도 아침회의가 끝났는가 보다, "예! 장모님이세요?" 하며 사위도 음성이 고조되어 다그쳐 되묻는다.

"여보게, 지금 이상한 문자 메시지가 들어와서—."

"예, 제 전화에도 들어왔는데요."

"지금 집사람 어디 있나요 혹시 집에 도둑이 든 게 아닐까요?"

"아니야, 아니야 방금 차 몰고 운동하러 갔단 말이야."

나는 절규에 가까운 소리로 신음하고 있었다.

"그럼 교통사고 같은데요?"

"어떡해? 어떡하면 좋아."

이번에는 그 자리에 주저앉을 것 같이 다리에 힘이 빠졌다.

"그럼 택시 타시고 스포츠센터 가는 길로 쭉 따라가 보세요. 저도
얼른 올라갈게요."

오늘 따라 외출할 일도 없고 애기가 오는 날이라 일어나서 겨우 세
수만 했고, 머리도 감지 않은 상태라 밖을 나가기에는 시간이 걸릴 것
같다. 아니야! 지금 머리가 수세미가 돼 있는 게 문제가 아니야. 화급
을 다투는 일인데, 그렇더라도 이 추운 날씨에 옷을 껴입는 시간도 만
만치 않게 걸릴 것 같다. 거기다 애까지 옷을 입히고 들쳐 업고 택시
를 잡다 보면, 시간이 많이 지연되어 일이 엉망이 될 건 뻔하다.

그래도 내가 나가 보는 것이 빠르지, 천안으로 출근한 사람이 안양
까지 오려면 아무리 승용차로 온다 해도 그때는 이미 사고처리가 끝
난 후일 것이다.

2월의 바람이 대차다. 사고현장에 가려면 옷은 제대로 입어야 할 것
같다. 두꺼운 바지에 스웨터에 잠바까지 차려입었다. 애를 들쳐 업고
현관을 나서려는데 전화벨이 울렸다. 이럴 땐 통신수단이 일등공신인

지라 이미 집 전화를 핸드폰에 착신시켜 놓은 터였다.

"장모님, 접니다."

"응 지금 나가는 참일세."

"조금 전 집사람과 통화가 됐어요. 놀라셨지요?"

"그래 무슨 일이라나."

"핸드폰이 열려 있고 다른 작동이 되는 바람에 그만."

잠시 후 "엄마! 나야." 덜렁이 딸의 태연한 음성을 듣고서야 놀란 가슴을 삭혀 내렸다.

며칠 전에 새로 구입한 핸드폰이 말썽을 일으킨 것이다.

얼마 전에 신형 핸드폰을 구입한다기에,

"가정주부가 뭐 그리 전화 걸 일이 많다고 기능이 다양한 걸 사려고 하냐." 대충 수수한 걸로 사라고 했던 적이 있었다.

핸드폰은 걸 수 있고 받으면 그만이지, 여러 가지 기능이 있어 봤자 자주 사용하지 않으면 무용지물이다. 그런데 그 첨단기능의 최신형 핸드폰이 사람을 이다지도 놀래주다니…….

딸은 긴급상황 시에 동시에 메시지가 갈 수 있도록 3개의 번호를 입력시켜 놓았고, 옆에 부착된 버튼이 다섯 번 눌러지면 SOS 메시지가 자동으로 상대방 핸드폰에 문자 메시지로 전달됐던 것이다.

딸은 애와 외출준비를 급하게 서두르느라 가족들을 걱정 속으로 몰고 갔다. 스포츠센터로 나갈 때 핸드폰이 열린 줄도 모르고 가방을 덜렁덜렁 들고 나가서 운동을 시작하려고 머리핀을 찾느라 뒤적거렸고, 버튼이 눌리고 눌려서 그렇게 되었다고 딸은 너스레를 떨었다.

"가방 속에서— 여보세요, 여보세요. 하는 소리가 들려서 받았더니 난리가 났지 뭐예요."

"……."

"0서방이랑 엄마한테서 전화가 걸려 와서."

"그놈의 성능 좋은 핸드폰이 웬수구나!"

잠시 후에 서초동에 근무하는 아들에게서도 전화가 왔다.

"누나한테 무슨 일났어요?"

"……."

내가 걸어온 길

내가 태어난 곳은 시골의 비옥한 땅이다.

봄에 씨를 뿌려주면 이른 여름 벌써 키가 2m가량이나 된다. 잎은 손바닥을 쫙 편 것처럼 갈라져 흡사 푸른 단풍잎과도 같다. 꽃나무는 아니지만 꽃을 피운다. 다른 꽃들은 푸른 잎사귀와 다른 색으로 다양한 색의 꽃을 피우지만 나는 그냥 연두색 꽃잎과 동일한 색을 띠어도 사람들은 꽃으로 보아준다. 나의 키가 커질수록 걱정이 된다. 왜냐하면 뜨거운 큰 솥에 들어가야 하니까.

여름이 짙어져 가기 전에, 장마가 닥치기 전에 낫으로 베어서 한줌씩 손으로 잡고 잎을 쳐낸다. 줄기와 잎의 사용처가 다른가 보다.

이제 나는 꽤나 부가가치가 높아졌다.
순전히 수(手)작업—핸드메이드라 하여
몇 백만 원을 호가하는 귀한 몸이 되었다.
더러 중국산이 들어와 진짜인 양 행세를 하지만
사람들은 속지 않는다.
천 쪼가리를 가위로 잘라 라이터 불에 태워 보면 금세 안다.
나일론이 섞였으면 타고난 재가 단단하니까.
삼복더위에는 옷이 피부에
척척 감기어 불쾌지수를 높여갈 때도
나로 만든 이부자리는 가실해서 더없는
여름용품으로 그만이다.

오늘은 아침부터 주인집 식구들이 총출동했다. 할머니와 아저씨 아줌마 그리고 조무래기들까지 합세해서 바삐 움직인다. 할머니는 땅에 떨어진 잎들을 모아서 한 곳에 놓는다. 그늘에 말린 퍼런 잎을 종이에 말아서 담배처럼 피우기도 한대나.

지난번에 내 몸에서 떨어져 나온 잎사귀를, 나라에서는 법으로 다스린다고 했다. 정부의 허락 없이 담배처럼 피웠다고 인기가수가 경찰서에서 조사를 받는다. 나의 잎사귀로 만든 담배는 도대체 어떤 힘을 갖고 있는 것일까? 왜 법으로 제재를 하는 것일까? 잠깐 들은 말에 의하면 말린 잎을 한 대 피워 물으면 기분이 좋아지고, 잎이나 꽃을 말려 차처럼 달여서 마시면 아픈 배가 빨리 나아진대나. 그런데 자주 쓰면 다른 약발이 받지를 않아서 효과를 볼 수 없으니 마가 낀 약이라고까지 한다.

해가 뜨기 전에 바삐 움직이는 식구들은 일을 분담하니 손발이 척척 맞았다. 바깥마당가의 텃밭에 임시취사장을 만들려는 것 같다. 아저씨는 큰 '도라무통' 을 징으로 실금을 내며 내리쳐서 반을 갈라 기다란 솥을 만들었다. 그 다음에 큰 돌을 주어다 아궁이를 만들고 길쭉한 솥을 걸었다. 장작도 준비했다.

아주머니는 베어낸 퍼런 식물 줄기를 가지런히 하여 솥 속에 물을 붓고 한가득 채웠다. 새벽부터 서둘었어도 이렇게 하기까지는 거지반 한나절이 걸렸다.

식구들은 새참을 맛있게 먹더니 드디어 아궁이에 점화를 했다. 밤이 이슥하도록 불꽃놀이 같은 삼굿은 끝없이 이어졌다. 아빠 엄마를 따라다니던 조무래기들은 긴 막대기로 불을 쑤석거리더니 저녁도 먹는 둥 마는 둥 땟국이 졸졸 흐르는 얼굴로 목에는 때목걸이를 하고 마당의 평상에 하나 둘 쓰러져, 흡혈귀 같은 모기떼와 피를 나누며 단잠에 들었다.

조무래기들이 아침에 일어나 텃밭에 나가 보니 감자가 익어서 데굴거리고 있다. 할머니가 아침에 손자들 주려고 아궁이에 구어놓은 것이다.

나는 밤새도록 뜨거운 물 속에 누워 살 껍데기가 벗겨지도록 쪄지고 익혀졌다. 아침밥을 먹은 식구들이 우르르 몰려왔다. 솥 속의 김을 날리더니 나를 꺼내어 껍질을 벗기기 시작했다. 식기 전에 껍질을 벗겨야 한다고 할머니는 진두지휘를 했다. 하얀 속살인 '저릅댕이'는 '마경'이라 하며 한쪽에 모아 발을 만든다고 햇빛에 말렸다. 벗긴 겉껍질을 나란히 하여 한 타래씩 묶어서 빨랫줄에 말렸다. 나는 거꾸로 매달려 있어도 이제 살 것 같다. 뜨거운 솥 속에서 나왔기에…… 온

몸은 익고 익어서 몰골은 칙칙하고 피부는 갈래갈래 찢겼지만 바람이 불어올 때마다 기분이 상큼했다.

이제 겨울이다. 할머니와 아주머니들이 모여서 품앗이를 한다. 거무스레한 내 피부 말린 것을 물에 불려 가늘게 찢어서 가닥가닥 이어나가는 작업을 했다. 길쌈을 하는 것이다.

‘삼을 삼는다’ 고 했다. 동그란 성깃한 ‘체’ 에 둥그렇게 사려 담아 놓았다가 꺼내어 봄이 오면 마당에 나가 여러 가닥을 길게 걸어놓고 날줄을 만들었다.

밀가루 풀을 쑤어 날줄에 빳빳하게 풀을 먹여 도투마리에 정성스럽게 감아나간다. 그러면 나는 다시 태어난 것처럼 조신한 몸이 되어 베틀에 올라가 앉게 된다. 아주머니는 그런 나를 한번씩 풀어가며 베를 짜기 시작한다. 씨줄을 담은 꾸리는, 작은 배 모양의 매끄러운 ‘북’ 은 아주머니 발의 리듬에 맞춰 들락거리면서 천이 만들어졌다. 40자 한 필의 삼베천이 되기까지는 이태나 되는 기나긴 길을 걸어온 셈이다. 다된 천을 가닥가닥 사려서 뜨물에 담가 뽀얗게 표백하니 마(麻)로 태어나서 삼라만상이 축축 늘어지는 여름에 농부의 시원한 옷으로 다시 태어났다. 풀 먹인 등거리와 잠방이는 통풍이 잘되어 몸에 달라붙지 않는다고 농부들이 좋아했다.

이렇게 천민이 입던 옷감은 어느 땐가부터 생활 의복에서 벗어나, 저승으로 가는 사람들의 마지막 예복 노릇도 하고 있다. 천연섬유라서 땅 속에 묻히면 잘 삭아 없어진다고 한다. 이제 나는 꽤나 부가가치가 높아졌다. 순전히 수(手)작업―핸드메이드라 하여 몇 백만 원을 호가하는 귀한 몸이 되었다. 더러 중국산이 들어와 진짜인 양 행세를 하지만 사람들은 속지 않는다. 천 쪼가리를 가위로 잘라 라이터 불에 태워 보면 금세 안다. 나일론이 섞였으면 타고난 재가 단단하니까.

삼복더위에는 옷이 피부에 척척 감기어 불쾌지수를 높여갈 때도 나로 만든 이부자리는 가슬해서 더없는 여름용품으로 그만이다.

병아리 이야기

통닭을 보면 그날이 생각난다.

가느다란 다리로 종일토록 종종걸음 하여 먹이를 찾던 어린 병아리들이…….

15년 전, 재래시장에 갔다가 알에서 갓 깨어난 노란 병아리가 눈에 들어왔다.

봄날의 노란색은 뭔지 모를 희망을 준다. 소일삼아 열 마리를 사들고 왔다. 지금 생각하니 어지간히도 일상이 한가로웠던 시절이다. 짐승을 키운다는 일이 얼마나 손이 많이 가고 정성을 기울여야 함인데도 불구하고 호기심에 그만 생명을 열 마리나 샀다.

질병도 사람도 세월이 가면서 영특해지나 보다.
육류식품에서 간접적으로 섭취를 했음에도
상처치료를 위해 또 한 움큼씩 먹어도
내성이 생겨 병은 물러날 기색도 없이
끄떡도 안 하니 작은 일이 아니다.

흙이 있는 공터나 좁아터진 마당만 보아도 채소나 닭을 기르고 싶은 것은 아무래도, 농사일을 하던 아버지 때문인 듯하다. 사람은 어떤 일을 계속하다 그 일을 그만두더라도 오랫동안 마음 안의 잠재의식이 오래 머무는 것 같다. 시장에 가면 생닭을 지전 몇 장으로도 손쉽게 사 올 수 있는 것임에도 집착을 같게 되니 가꾸고 기르는 일이 좋아 보이니 시골 태생은 별수 없나 보다.

낮에는 병아리를 마당에 풀어주어 모이를 주어서 먹게 하고 밤이 되면 여러 마리를 라면박스에 담아 거실에 들여놓기를 여러 날. 고것들이 한 마리도 낙오되지 않고 제법 똘똘해질 무렵 사건이 생겼다.

이제 며칠만 더 키우면 약병아리 노릇을 충분히 하리라고 생각할 즈음에 이변이 생겼다.

"장마가 오기 전에 '마이신'을 좀 먹여야 할까 봐요. 닭들은 습기를 아주 싫어하잖아요."

일요일 아침 세상에서 제일 한가롭게 노닐고 있는 병아리들을 향해 남편과 나눈 대화가 화근이 될 줄이야. 돌팔이 약사와 무지한 의사가 의료 사고를 낸 것이다.

낮에 외출했다 돌아와 보니 병아리들이 모조리 쓰러져서 눈을 가물가물하며 눈을 뜨지 못했다. 아무래도 오늘 밤 안으로 세상을 하직할 것 같은 좋지 않은 예감이 들었다. 꼭 다문 부리를 벌여서 숟가락으로 물을 흘려 넣어 보고 엉덩이를 치켜들고 바람을 불어 넣어도 점점 까불어졌다. 아끼던 생명들이 장마철도 아닌데 왜 이런 변고가 생긴 걸까.

범인은 남편이었다. 아침에 지나가는 말로 마이신 얘기한 것을 실행에 옮긴 것이다. 멀리 약국에 가서 마이신을 구해다 아직 어린것들에게 좁쌀에 버무려 먹였던 것이다. 병아리가 감당해 내기엔 너무 많은 양의 약물이었다. 예방약이 독약이 될 줄이야.

나는 어린애처럼 발을 동동 굴렀지만 이미 시간이 많이 경과했다.

남편은 병아리가 아깝다고 들통에 물을 끓이고 부산을 떨었다.

그 사건이 있은 후 난 독감에 걸려도 조제해 온 약봉지에서 마이신을 꺼내 버리고 다른 약만 먹는다. 당연히 감기는 오랜 시일 동안 내 안에서 묵어가곤 한다.

지금 우리는 알게 모르게 간접적으로 마이신을 과다 섭취하고 있다.

닭은 양계장에서부터 질병에 강해지라고 스트렙토마이신을 먹이고 있다. 우리도 고스란히 직·간접적으로 복용을 하는 셈이다. 닭고기가 그렇고 계란이 그렇다. 돼지우리에서 자라는 돼지도 예외는 아니다.

항생제를 먹고 자란 동물들은 체중이 부풀어져 시장으로 나가는 길이 빨라진다고 한다.

스트렙토마이신은 흙 속의 방선균에서 발견된 항생물질의 한 가지로 결핵이나 티푸스에 유효한 약이다. 아랫배가 아픈 이질에 걸렸을 때도 신기하리만큼 효험을 보였다. 하지만 이렇게 신기한 약도 지나치게 복용하면 2차적인 문제가 생긴다. 몸에 내성이 생겨 더 많이 먹어야 하고 약발이 듣지 않는다고 전문가들은 지적한다. 문제는 당장에 큰 증상은 없으나, 장기적으로 항생물질이 축적되면 알레르기가 생겨 건강상 피해를 보게 됨은 빤한 일이다.

이제 독감약 속에 들어 있는 마이신이 섬뜩하기까지 하다.

질병도 사람도 세월이 가면서 영특해지나 보다. 육류식품에서 간접적으로 섭취를 했음에도 상처치료를 위해 또 한 움큼씩 먹어도 내성이 생겨 병은 물러날 기색도 없이 끄떡도 안 하니 작은 일이 아니다.

아무리 좋은 약도 용량을 초과하면 독약이 된다. 마이신만 보면 제 명을 못살다 간 초롱한 눈망울의 노란 병아리들이 눈에 밟힌다.

하루를 인생에 비춰 본다면
지금은 볼그레한 저녁 하늘이다.
어두워지려면 아직도 시간은 남아 있다.
남아 있는 순간들을 아끼며,
앞서 보낸 날들보다 근사하게 살아가고 싶다.
따스한 가을 햇살 닮은 사람으로 기억되고 싶다.

사추기(思秋期)

가을이 되면 나무는 왜 빛깔을 바꾸는가.

여름내 푸르름을 한껏 품어내다가도 계절이 바뀌면 빨갛고 노랗게 바래져 간다.

은행잎이나 감나무 잎이 제 몸을 삭히며 영양을 잃고 제풀에 떨어져 가는 것을 보면 사람이 늙어 가는 모습과 같다.

원하지 않은 사추기로 접어들면서 머리카락에 가을이 찾아왔다. 거울 앞에 앉아 앞머리와 옆머리를 들추어 봐도 하얗다. 아직 흰머리가 만발할 나이도 아니련만, 몇 올의 새치로 시작하더니 눈에 띄게 많아졌다. 하기야 요즘은 새파란 젊은이도 새치로 고민들을 한다.

우스갯소리 잘하는 친구가 하던 말이 생각난다. 지능이 낮은 사람이 머리를 쓰면 대머리가 되고, 지능이 좀 높은 사람이 머리를 쓰면 새치가 생긴다나. 그렇다면 내 지능지수도 그리 나쁜 편은 아닌가 보다.

작년이 옛날 같다. 아이들이 별로 달가워하지 않아도 머리를 들이밀고 흰머리 좀 뽑으라고 졸랐는데, 이제는 검은머리 가닥이 시나브로 줄어들고 있다. 새치 머리라는 말을 갖다 붙일 형세도 못된다.

어느 날은 하루 정도 속을 끓이기도 했다. 사람은 왜 쇠락해 가는가. 흰머리는 굳이 생겨야 하는가. 여자로서의 볼품이 없어지는 것에 몰두하다가 마음을 가다듬고 사춘기 때 나불대던 내 모습을 떠올렸다.

맥없이 웃음을 참지 못하던 일은 얼마나 많았던가. 헤픈 웃음 때문에 어른들께 꾸중 아닌 꾸중을 듣기도 했다. 친구들과 어울려 이야기하다 보면 별스럽지 않은 일을 갖고도 자지러지게 웃곤 했다. 자고새면 새로운 일들이 나를 기다리고 있는 것 같았고, 세상일이 그저 흥미롭고 호기스러웠다. 단발머리에 미니스커트 차림으로 자신만만하게 거리를 휘젓고 다니던 일이 그리 오래되지 않은 것 같은데……. 자만심으로 가득했던 시절도 있었는데.

시댁이라는 낯선 환경과 가정을 꾸려 나가면서부터 세상이라는 풍파에 떠밀려 다니기 시작했다. 시어른들과 시댁 형제들 틈바구니 속에서 나의 사람 됨됨이가 이루어졌다.

시집살이가 아무리 수월하다 해도, 웃을 일은 줄 수밖에 없었다.

머리카락이 한 올씩 퇴색해 가면서 키 큰 생각이 내 주위를 맴돈다. 철없던 시절 노인은 사람 축에도 끼지 않는다는 생각을 하던 나도 이제 백기를 들 처지다.

내 주장만을 고집하던 성질도 누그러트려려야 할 만큼의 시간을 넘어왔다. 앞으로는 더 많이 너그러워지려고 애쓰는 편이다. 해를 보태기 해 나간다는 것은 남의 취향을 받들 줄 아는 일이고, 나를 숙일 줄 아는 일이다.

가정 안의 울타리 속에서도 구순하게 지내려면 내 주장보다는 머리 큰 아이들의 의견을 존중해 주어야 한다. 더러는 지는 체하며 넘어갈 일이다. 내가 좀 더 행복해지려면 나를 작게 하려는 노력이 필요하다.

사추기로 깊이 들어가면서 신경줄이 조여지는지 머리가 아프기도 하고, 귀에서는 가느다란 사이렌 소리 같은 게 들리기도 한다. 가끔씩 얼굴색이 무안당한 사람처럼 붉그락거리기도 하며, 거짓말을 못 하는 성격인데도 내 속내와는 다르게 이유 없이 가슴이 두근거리기도 한다.

흰 머리카락은 늦가을 단풍잎처럼 아름답지는 않지만, 나의 성격을 다투지 않고 물처럼 흐를 줄 알게 해 주고 구름처럼 싸우지 않고 떠 있도록 가르쳐 주고 있으며, 지혜로움이 서리고 있다.

요즘은 거울에 비친 흰 머리카락을 보고도 좌절하지 않는다. 나를 완숙한 사람으로 만들어 주는 흰 머리카락이 고맙게 느껴진다. 안으로 숨겨진 머리가 세월 따라서 겉으로 퍼져 나올 때 비로소 완연한 사람으로 거듭나지 않을까.

산다는 것은 수행이다. 앞으로 어떤 일을 겪으며 살아가게 될지는 모른다. 찬 서리 내리 듯 소리 없이 와 버린 중년의 문턱, 하늘의 뜻대로 살라는 지천명의 지점에 와 있다.

이제부터는 인생의 때가 더께로 앉은 호호 할머니들을 경이로운 눈으로 바라보아야겠다. 울긋불긋한 세상을 깊은 가슴앓이로 살아왔을 테니까.

맑은 가을날 저녁 하늘의 낙조를 아름답게 바라본다. 하룻 동안에 일어난 수많은 일들과 사연을 머금고 산마루에 걸쳐 있는 저녁노을이 아름다운 이유는 왜일까. 즐거움과 슬픔, 고뇌와 사랑, 너그러움과 화해를 흡수하여 내일을 잉태하고 있기 때문은 아닐까.

인생을 계절로 나누어 보면 초가을에 와 있다. 가을은 퇴색해 가기도 하지만 거두어들이는 시기다. 나의 겨울을 늘 넉넉한 마음으로 맞이하고 싶다. 겨울이 되어 나의 얼굴이 잘 익은 대추처럼 쪼글쪼글한들 서러워하지 않겠다.

하루를 인생에 비춰 본다면 지금은 볼그레한 저녁 하늘이다. 어두워지려면 아직도 시간은 남아 있다. 남아 있는 순간들을 아끼며, 앞서 보낸 날들보다 근사하게 살아가고 싶다. 따스한 가을 햇살 닮은 사람으로 기억되고 싶다.

이삼십대에는 패기 있는 모습으로, 사십대에는 몰두하는 모습이, 사추기로 접어든 오십대에는 중후한 모습으로 노후엔 인생을 관조하는 달관자로 앞날을 정리해 나가는 모습이 얼마나 아름다울까.

어미 은행나무는 우듬지부터 결삭은
잎을 한 움큼씩 떨어뜨리니 정수리가 훤하다.
진기가 다 빠진 수척한 모습으로······.
열매를 맺게 한 잎들은 멍투성이의 구각을 떨치며
생살을 떼어내는 아픔을 의연하게 참아내고 있다.

은행나무

집 앞에 서 있는 두 그루의 은행나무를 바라보니 가을이 실감난다. 마주 보아야 열매를 맺는다는 은행나무 아래에 서면 사랑을 속삭이는 소리가 들리는 듯하다.

잎들이 앞 다투어 나래를 펴는 유월이면 거우내 외롭게 서 있던 아픔을 보상이라도 받으려는 듯 두꺼운 옷을 껴입는다. 발밑의 수액을 길어 올리는 부산스러움이 들려온다. 주먹 쥔 잎들은 부채 모양으로 넓게 퍼져 나간다. 사월경에 녹황색 꽃이 피지만 나무의 덩치에 비하면 꽃이 아주 작아 눈에 잘 띄질 않는다. 잎사귀 속에서 슬며시 피었다 흔적 없이 사라진다. 암·수가 똑같이 꽃을 피우는 데까지는 별반

차이가 없다.

우리 부부도 결혼 초기에는 이렇다 할 차이 없이 비슷하게 젊음을 유지해 나갔다 오히려 내 쪽이 더 애띠어 보여서 후처가 아니냐는 오해를 받기도 했다. 아이를 하나 둘 낳고부터는 바뀌어 가기 시작했다. 해가 더해 갈수록 아픈 날이 많았다. 몸 안의 부품들이 절단되어 가는 듯이.

산후통이라는 달갑지 않은 객이 찾아와서 굴복하고 말았다. 겨우 아이 둘을 낳고서? 출산 직후엔 머리를 빗질할 적마다 머리카락이 빠져 마음이 아팠다. 치아도 성치가 않았다. 이를 앙 물어 고통을 참아내니 수개월 후엔 치아들이 들떠서 신경 치료를 받아도 남의 이같이 감각이 없었다.

그래서 옛 어른들은 그렇듯 지켜 앉아 몸조리를 시켰나 보다.

'양말을 꼭 갖추어 신거라, 찬바람을 피해라' 하며 많은 금기사항들을 일러주며 산후바람의 무서움을 일깨워 주곤 했다.

한여름에 몸을 풀게 되면 더더욱 지켜야 할 것들이 그리도 많았다. 아무리 더워도 찬물에 목욕하는 걸 극구 말렸고, 몸에 땀띠가 나도록 방에 불을 지펴서 조리를 시켰다.

출산 땐 육천 마디의 뼈가 물러나는 아픔을 겪었다. 결코 생명 하나를 얻기란 수월치가 않다. 산모가 출산 때 흘리는 피가 서 말이고, 아기에게 젖을 먹일 때 빠져나가는 영양이 쌀 여덟 섬이나 될 만큼 많다고 한다.

음력 칠월십오일 우란분절에 들었던 스님의 법문이 떠오른다. 부처님이 출가하여 산하를 떠돌고 있을 때, 어느 공동묘지 앞에 흩어져 있는 흰 뼈들에게 절을 하여 예를 갖췄다 한다. ―희고 굵은 뼈는 조상님 뼈이고, 여덟 섬이나 되는 영양을 아기에게 파 먹힌 어머니 뼈는 검고 가늘었다는 설법을 들었다. 덧붙여 '세상에서 가장 부자일 때는 어머니가 살아 계실 때이고, 반대로 가장 가난할 때는 어머니가 안 계실 때'라고까지 했다.

우리 할머니나 어머니들의 고초를 이제야 알 것 같다. 자손을 적게는 다섯, 많게는 열을 넘게 낳았으니. 거기다 가사 일도 매번 힘이 들고 손이 많이 가는 일이었다. 길쌈과 방아 찧는 일까지 손수 했으니, 그래도 한 마디 어려운 내색을 한 적이 없었다. 오로지 참는 인고의 삶을 살아내는 걸 보면서 자라왔다. 어른들의 저민 속을 이제야 알 것 같다.

눈이 침침해진다든가 머리카락이 희어지는 속도가 남성보다 빠른 것이 굉장히 손해보고 있다는 생각이다. 요통이나 견비통이 속속 찾아들 때 거반의 여인네들은 그 순리를 기꺼이 받아들인다. 뒤에서 우뚝우뚝 커 오는 아이들이 있기에 도리어 아픔은 보람이었다.

나뭇잎이나 풀들은 해마다 새롭게 태어나지만 우리 사람들은 그럴 수가 없다는 것이 아쉽다.

여름날 도도하게 서 있던 은행나무도 가을의 덜미에 잡히고 만다. 서늘한 바람이 산모퉁이를 돌아 나오기 시작하면 잎들은 특유의 노란 빛깔로 옷을 바꿔 입는다. 겨울에게 내어주는 자리치고는 휘황하고 호사스러워 보인다.

어미 은행나무는 우듬지부터 결삭은 잎을 한 움큼씩 떨어뜨리니 정수리가 훤하다. 진기가 다 빠진 수척한 모습으로……. 열매를 맺게 한 잎들은 멍투성이의 구각을 떨치며 생살을 떼어내는 아픔을 의연하게 참아내고 있다.

반면에 아비 은행나무는 얄밉게 그저도 청잎을 달고 시치미 떼고 꿋꿋하게 푸르다. 열흘 후에서야 노란 잎은 여유롭게 한 장씩 서서히 땅으로 떨어진다.

능소화

꽃은 목화가 제일이라는 속담이 있다. 겉모양은 별스럽지 않지만 실속만 있으면 그만이라는 뜻일 게다. 목화는 아침에 슬며시 피었다가 햇살이 퍼지면서 헤벌어진 입을 다문다.

그렇게 기력 없는 꽃잎과는 달리 내실 있는 열매의 솜꽃은 아름답기 그지없다. 한낮의 뜨거운 빛을 싫어하는 목화보다는, 해바라기만큼이나 해를 좋아하는 여름 꽃인 능소화를 가장 화려한 꽃으로 추천하고 싶다.

우리 꽃은 아니지만 줄기의 길이가 사람의 키 다섯 배 이상이나 되는 걸로 보아 끈질긴 생명력에 찬사가 터져 나온다.

하는 짓이 밉다고 미워할 수 없는
부모와 자식의 관계처럼,
미워도 떠나보내기 싫은 자식이다.
미워도 꺾어 버릴 수 없는 저 화사한 능소화처럼!

겹꽃잎의 넓은 깔때기 모양이 '불콰' 한 색을 띄우며 길고 긴 줄기마다에 다닥다닥 피어 자태를 뽐낸다. 야산의 무덤가에 만개를 하니 더 화사해 보이는 환한 꽃을 우리 집 대문 옆에 옮겨 심고 싶다.

메꽃, 나팔꽃, 분꽃들이 햇빛에는 초절임이 되어 맥을 못 추나 능소화는 뜨거운 여름에도 도도하게 잎을 접지 않는다. 그런 고운 빛깔의 꽃이 혼자의 힘으로는 서 있지 못한다. 긴 줄기를 어디에라도 기대어 감고 올라가야 하는 '기생꽃' 이다.

능소화를 보노라면 부모에게 기대어 살아가는 젊은이들이 떠오른다. 예전 같으면 출가해서, 분가해서 애 두엇은 낳아 기를 나이인데, 나이 삼사십 세가 다 되도록 가정 이룰 생각은 안 하고 독신을 고집하며 살아가는 신세대가 늘고 있다.

경제적으로나 정신적으로 불편한 것이 없게 뒤치다꺼리해 주는 부모를 믿고 자립할 생각을 안 한다.

신세대들은 대학생활도 길게 한다. 전공이 맘에 안 든다느니, 적성에 안 맞는다고 편입하기를 자유자재로 하며 자격증도 여러 개 소지하는 것은 기본이다. 해외연수도 필수라고 한다. 직장에 다니며 자기계발이나 취미생활로 세월을 축내고 있다.

우리의 2세가 능소화처럼 기대어 살아가려는 습성을 갖게 된 것은 부모의 책임도 있다. 홀로서기하도록 강하게 밀어내지 못하고 자식을 상전으로 떠받들다시피 한 결과다.

60년대에 우리나라의 경제사정은 그리 좋지 않았다. 앞도 보이지 않는 서독 탄광과 낯선 서독 병실에서 구슬땀 흘린 우리의 오빠와 언니들이 있었기에 이만큼 살게 되지 않았을까. 일궈놓은 경제반석 위에서 부족함 없이 살아가고 있다.

어른들도 사람의 정이 그리운지 늦둥이 바람이 불고, 애완견을 자식처럼 키운다. 다 큰 자식 결혼시켜 독립시킬 생각에는 느긋하다.

자식들이 배우자를 만나 결혼한다 하더라도 맞벌이를 한다면 다시 보살펴 주어야 한다. 밑반찬 만들어 나르는 일이며 손자, 손녀까지 맡아야 할 경우도 있다. 자식사랑은 끝이 없다. 하지만 노년에까지 굴레에 얽매인다는 것은 감옥이다. 재미삼아 하기에는 너무 힘에 겨운 작업이다.

능소화가 어린 소나무의 허리를 칭칭 감고 돌아 나무의 순까지 점령해 목을 누르고, 그것도 모자라 더 감길만한 곳을 찾느라 하늘을 향해 헛손질을 해댄다. 능소화가 소나무를 휘감아 올라가 자태를 뽐낼 때, 솔잎은 제 몰골이 아니다. 죽을 것처럼 노랗게 질려 있다.

한해살이 식물인 작달막한 목화는 버거운 다래를 매달고도 홀로 서 있는 강단을 보여주지만, 능소화는 홀로서기가 버거워 옆의 나무를 의지하지 않고는 길게 벋어 고운 꽃을 피우지 못한다. 능청스러운 저 능소화는 우리 주변의 신세대 모습이다.

능소화가 제 혼자의 힘으로 몸을 추스리며 고운 모습을 자아낸다면 얼마나 아름다울까. 중국 미인 같이 화려한 능소화를 그래도 미워할 수는 없다.

하는 짓이 밉다고 미워할 수 없는 부모와 자식의 관계처럼, 미워도 떠나보내기 싫은 자식이다. 미워도 꺾어 버릴 수 없는 저 화사한 능소화처럼!

'말없음표' 수필가의 소망

김대규(시인)

문학을 하는 사람들과 오랜 세월을 함께하다 보면, 사람은 그대로 인데 글이 변한 경우와 글은 그대로인데 사람이 변한 경우를 접하곤 한다. 물론 예외도 있기는 하다. 사람도 글도 그대로이거나 둘 다 변했거나.

'변했다' 라는 말에는 긍정적, 부정적인 의미가 내포되어 있다. 글이 변했다는 것은 문학적 발전을, 사람이 변했다는 것은 세속화를 뜻한다.

그러니까 문학인은 인간적인 순수성은 그대로 유지한 채 작품이 숙

성의 과정을 거쳐야 된다는 말이다. 이 수필집의 주인공 이영숙이 바로 그러한 유형의 사람이다.

비유적으로 말하자면 이영숙은 '말없음표' 같은 여인이다. 한 달에 한 차례씩 정기적으로 만나는 안양의 '화요문학' 동인회에서 십수 년 간을 함께했지만, 그동안 그녀가 한 말을 다 합친다 해도 A4 용지 한 장을 채우지 못하리라.

그러나 중요한 사실은 모임 때마다 거의 빼놓지 않고 두세 편의 수필원고를 슬그머니 내밀었다는 점이다. 그 작품들이 2년 전의 『행복의 바이러스』(선우미디어 刊)와 이 자연수필 『바람이 다니던 길』(연인M&B 刊) 으로 묶여진 것이다.

이영숙의 첫 수필집에서 내가 유의한 점의 하나는 자신이 표방한 '이영숙 근원(根源)수필' 이라는 말이었다.

그녀는 이 말에 대해 특별한 설명을 하지 않고, '머리말' 에 다음과

같은 대목을 남겼다.

글감은 먼 곳에서 찾지 않고 자연 속에서 쉽게 얻을 수 있었다. ―꽃이나 채소, 나무, 들풀에게서 영감을 퍼냈다. 살아 있는 진실을 찾아 근원으로 돌아가면 언제나 그들이 나에게 다가왔다.

이 짧은 문맥 속에는 이영숙의 문학적 전모가 함축돼 있다. 곧 '자연'이 작품의 '근원'이라는 것이다. 더구나 이영숙은 자연을 '먼 곳'에 있어 찾아갈 대상이 아니라, 자연이 '나에게 다가왔다'는 자연과의 친교감을 넌즈시 드러낸다.

이는 글감으로서의 자연을 통해 '살아 있는 진실'인 삶과 문학의 생명성에 대한 착근(着根)의식이라 할 수 있다.

뿌리 내리기를 마친 이영숙의 수필은 그래서 건강하고 행복하다.

어느 때부턴가 마음을 다부지게 무장을 하고 내게 못질을 하는 사람들에

게 적당한 맞대응을 하여 스트레스받지 않는 법을 터득했다.

요즘은 칭찬화법을 자주 쓴다. 당연히 좋은 화답이 부메랑 되어 돌아오곤 한다. 세월은 고마운 존재다. 웬만한 신경 가는 말을 해도 내 귀는 자꾸 순해지고 있으니. 친구나 친척들이 좀 거친 말을 해도 화가 나지 않으니 아이러니컬하다.

—〈네모난 세상 동그란 마음〉에서

대부분의 마음의 병은 대인관계에서 비롯되고, 그것은 말이 화근이 된다. 마음을 어떻게 먹느냐에 따라 말은 달라진다. 이영숙이 생활화한 것은 '칭찬화법'이다. 가는 말이 고운데 오는 마음이 미울 수 없다.

이영숙은 '친구나 친척들이 좀 거친 말을 해도 화가 나지 않으니 아이러니컬하다'고 한다. '아이러니컬'하다는 것은 자신의 변화가 신기할 정도라는 뜻이겠다.

이영숙은 스스로 "내 귀는 자꾸 순해지고 있다."고 말한다.

공자가 일깨워 준 '이순(耳順)'의 지혜다 . 귀가 순하다는 것은 마

음이 자연과 동화되어감을 뜻한다. 그녀는 이제 행복의 달인이 된 것이다.

어느 해부턴지 우리 집 거실까지 날아오던 꽃향기가 감감 무소식이다. 길을 잃었나 보다. 우리 아파트 옆에 대단지 아파트가 생기면서부터 꽃향기가 아파트 벽에 부딪쳐 이제 더 이상 우리 집까지 날아올 수 없는 상황인가 보다. 아카시아 꽃 예찬을 할 수가 없게 되었다.

고속도로를 내느라 산이 파괴되어 산에 사는 짐승이나 개구리들이 길을 잃고 죽임을 당하는 일이 자주 있다.

다행스럽게 청계마을에 가면 다치지 않게 건너다닐 수 있도록 길을 터놓았다.

이제 아카시아 꽃향기가 자유로이 날아다닐 수 있도록 바람길을 만들어 주어야 할 것 같다.

이 봄, 고향의 향수 같은 아카시아 꽃 냄새 맡으러 산으로 올라간다.

—〈바람이 다니던 길〉에서

생태계 파괴야말로 전 세계 인류의 지상 과제다. 한 국가나 한 도시

에서 '환경' 이라는 어휘가 등장되면 삶의 몸체에 병균이 침투한 것이다. 선진국은 과학, 후진국은 개발이 주범이다.

생태계 파괴로 동식물의 서식지가 오염되고 유실된다는 것은 사실 인간 자신들의 주거환경이 황폐화된다는 것이다. 자연은 인간의 마음이 병든 것만큼씩 파괴된다. 이영숙은 한 마리 개구리, 한 숨의 아카시아 꽃향기에서 환경파괴의 애증을 교차시킨다. 자연의 건강 없이 인간의 행복한 삶이 없음을 재확인하는 이영숙의 산행은 그래서 희망의 메시지가 된다.

길 건너편의 쑥대가 우거진 1만평의 공터에서 살던 사람들도 깨알만큼이나 많은 갈등을 하며 집을 비워주었을 것이다. 아직도 동의하지 않고 남아있는 1가구 때문에 사업승인을 못 받아 건설사는 부도 일보직전에 있다는 소문만 쑥대의 키만큼 무성하다. 빈집들을 철거하고 포크레인으로 땅을 갈아엎었어도 생명력이 강한 쑥은 올 봄도 우북하게 올라와 있다. 전쟁 때 일본의 히로시마에 원자폭탄이 떨어진 자리에 유일하게 살아남은 식물이 쑥이었

다고 한다.

　살고 있던 보금자리의 보상을 한 푼이라도 더 받아 보려고 와글거리던 사람들은 떠났고 쑥대들만 모여 쑥덕거리고 있다.

—〈쑥대밭〉에서

　재개발, 재건축 문제는 부동산 투기나 '세금폭탄' 의 주범이다. 이로 인해 이웃 간에 불화는 비일비재하고, 추진위원회 임원 선정 갈등으로 살인까지 자행되지 않았던가.

　그러한 황금 중독의 인간상들을 비웃는 '쑥대' 의 생명력을 통해 이영숙은 또 다른 자연철학을 체득한다. 자연은 언제나 교훈을 준다. 자연에서 인생의 진실을 깨우치지 못한 사람이 가장 불행한 것이다. 이영숙은 자연의 모럴리스트이다.

　이영숙은 '동명다인(同名多人)' 이라는 수필에서 이름 때문에 겪은 수필가로서의 고충과 새로운 필명에 대한 소망을 편다.

　동명다인들 때문에 병원에서 '물리치료' 대신 '엉덩이 주사'를 맞을 뻔한 에피소드는 웃음을 머금게 하지만, 수필 동인지에 원고를 보냈는데도 먼저 접수된 동명이인 때문에 자신의 작품은 누락된 일화는 쓴웃음을 짓게 한다.

　문인협회 '문단윤리규정' 제5조 3항의 '문단 선배와 같은 이름을 쓸 때'의 경우에는 (가) 선배 문인의 명예와 권익을 보호하기 위해 후배 회원은 필명으로 바꿔 써야 한다. 이를 위반할 때는 기관지 작품 게재 보류 등 행정적 불이익을 받을 수도 있다. (나) 신입 회원은 선배 회원과 같은 이름으로 가입할 수 없다는 강제규정이 있다.

　이영숙이 바로 이 규정에 저촉돼 무지개의 한자어인 '채홍(彩紅)'을 필명으로 선택하고 다음과 같은 고통의 소망으로 마지막을 장식한다.

　글을 쓴다는 것은 천형으로 내게 다가왔지만, 피하려고 하지 않는다. 운명처럼 받아들이며 무지개처럼 고운 빛이 설 때까지, 그렇게 쓰려고 한다.

나도 저 무지개처럼 고운 빛깔의 문학작품을 한 편만이라도 남기고 싶다. 읽어서 누구나 부러워할 그런 수필 한 편을…….

―〈동명다인〉에서

이 수필집 속의 어느 문장보다도 위의 '……' 속에서 나는 '말없음표' 수필가의 진면목을 읽어낸다. 그 '……' 속에는 앞으로 이영숙이 써낼 '누구나 부러워할 그런 수필 한 편'의 무지갯빛이 서려 있다. 말없음표는 꿈과 도전, 희망과 결의의 묵시록인 것이다.

시내 거리를 뒤흔들고 희희낙락하는
피 붉은 젊은 처녀들
정수리에 하얀 핀 하얀 머리띠
올해는 유별나게 상주가 많구나
맘에 상처받은 슬픔이
거리의 행진처럼,
한참 걷다 보니 또 보인다

올해의 유행이라나?

어머니 여의고 머리에 꼽는 슬픈 리본을

유행이라니…….

가슴이 허해지는 오후다.

─ 〈하얀 핀〉에서

6편의 시 가운데서 한 편만 예시하겠다. 우선 말하고 싶은 것은 이 영숙은 사람이나 시나 역시 '수필' 같다는 점이다. 소재 역시 자연이나 인간사의 일상성이 주류다. '잔인한 삼월'에서 '벚꽃 축제일을 조절하느라 나무에 얼음찜질을 하고 있다'는 구절이 눈길을 끌지만, 주제는 역시 생태계 파괴의 자연환경 보호의지다. '하얀 핀'도 여성의 장신구를 통한 세태의 변화에 마음에 받는 공허함이 클로즈업된다.

이영숙의 원고를 읽고 나의 뇌리에 정리된 문학적인 감상은 수필 같은 시, 시 같은 수필이라는 것이다. 이는 그녀의 수필과 시가 공통적으로 지니고 있는 특성, 곧 자연의 소박. 순수성에 대한 순애보적인

서정주의 때문이리라.

여기서 내가 사적으로 고백해야 할 것이 하나 있다. 전편을 통해 끊임없이 되뇌어지는 한 문장이 있다.

여린 꽃들은 바람을 거역하지 않고 손잡는 법을 익히고 있다.

—〈고아한 자연정원〉에서

아마도 이 대목으로 해서 이영숙의 글이 시 같은 수필, 수필 같은 시라고 각인됐는지도 모르겠다. 제주도의 갈대밭에 대한 여행 감상기인데, 그 묘사가 뛰어난 시적 의인화를 보여준다.

이 의인법에는 자연을 거스르지 않는 순리의 삶, 역경을 넘기는 화애의 결속력 그 외유내강의 생명력이 깃들어 있다.

문학적인 수사에만 그치지 않고, 그 문맥 속에 인생의 지혜와 진실을 어떻게 불어넣느냐가 관건이라면, 이영숙은 위의 한 대목만 가지

고서도 이를 성취한 것이다. 앞에서 말한 '말없음표' 의 소망이 달성

될 가능성을 확인하면서 두 번째 수필집 출간의 기쁨을 함께하고자

한다.